看见

你的记忆

云际 著

台海出版社

图书在版编目（CIP）数据

看见你的记忆 / 云际著 . -- 北京：台海出版社，2020.8

ISBN 978-7-5168-2645-4

Ⅰ . ①看… Ⅱ . ①云… Ⅲ . ①幻想小说－中国－当代 Ⅳ . ① I247.5

中国版本图书馆 CIP 数据核字（2020）第 117006 号

看见你的记忆

著　　者：云　际		
出 版 人：蔡　旭	策划编辑：金　水	
责任编辑：赵旭雯	文字编辑：秋飞花	

出版发行：台海出版社
地　　址：北京市东城区景山东街 20 号　邮政编码：100009
电　　话：010-64041652（发行，邮购）
传　　真：010-84045799（总编室）
网　　址：www.taimeng.org.cn/thcbs/default.htm
E - m a i l：thcbs@126.com

经　　销：全国各地新华书店
印　　刷：天津中印联印务有限公司
本书如有破损、缺页、装订错误，请与本社联系调换

开　　本：880 毫米 × 1230 毫米　　1/32
字　　数：152 千字　　　　　印　张：7
版　　次：2020 年 8 月第 1 版　印　次：2020 年 8 月第 1 次印刷
书　　号：ISBN 978-7-5168-2645-4

定　　价：42.80 元

在这个脑科学发达的世界里，

好人和坏人很难分清，

甚至死人和活人也不是那么分明。

——题记

目

录

第一章　遗体被割

手机响了，是殡仪馆刘馆长打来的，于世非赶紧关上办公室的门，接通电话。

"于博士，出事了。"刘馆长语气比较急。

"怎么了？"

"家属发现死者的遗体有切割痕迹了。"

"怎么发现的？"于世非紧张起来。

"我也不知道，总之是发现了，已经来我办公室闹了一场了。"

"那怎么办？"

"事情不能闹大了，如果真的闹起来，一验尸就都露馅了。"刘馆长似乎有一些处理思路了。

"这就得靠您了，我们也不知道怎么处理。"于世非想把这个棘手的问题推给刘馆长。

"于博士，事儿是我来处理，但是你可不能袖手旁观啊。"

"我没法帮你啊，这个事儿只能由你来处理，我出面岂不是直接就露馅了？"于世非想着，反正你刘铭也拿了我们的好处，这种脏活儿你理应接着。

"不是要你出面，出面还是我来出面。但是要摆平这个事儿，得花钱，家属不就要点钱嘛。"刘馆长终于点题了。

"刘馆长，咱们可说好了，钱我们可没少出，也没亏待你。保密本来是你的责任，现在出事儿了，也是你来摆平。该花钱那你就花钱呗。"于世非早就领教了刘铭的贪得无厌，不能给他开了这种口子。

"于博士，我也不跟你绕弯子，馆里出钱可以。那你想想，这个事儿出来了，馆里有损失，我总得调查一下、整顿一下吧，制度方面总得规范一下，人事方面总得处理一下吧，以后咱们的合作怕是有困难了。"刘馆长也毫不相让。这种桌子下面的事情，根本就不可能讲什么公平不公平，谁的筹码大，谁就可以控制局面。

于世非一时语塞。

刘馆长接着说："于博士，咱们兄弟做了这么久生意，你也知道，我也不是抠门，这个事儿我出钱在程序上很麻烦，我这都是公家的钱。你出钱就简单了，不用走程序，我派个小弟给家属把钱送过去，就说根本不是切割痕迹，是冷冻导致的裂痕，我们的冷冻操作有点问题，道个歉，赔点钱，息事宁人，这样大家都方便。"

于世非也很无奈，不过他毕竟没有最终决策权，也不敢轻易答应，于是说：“刘馆长，我去请示老王，老王要是同意出钱，也是给你个面子，但是这种事只能发生这一次，再有下次，怕是咱们就没法合作了。”

刘馆长顺势说：“那就麻烦兄弟了，你跟老王说一下。”

放下电话，于世非盘算了半天，他一想到要给王洛基汇报就有点发怵，老王较起真来可真是让人受不了。但是无论如何，这个事儿拖不得，还是要尽快找老王沟通。

他盘算完毕，就敲开了王洛基的门。王洛基正在办公桌后看书，抬头看了一眼于世非，又埋头读起了书，边看书边问道：“世非，什么事？”

“王院长，事情还比较紧急。”于世非说。

王洛基听到这句话，放下书，抬起头，挺直身子说：“出什么事了？”

于世非从头告诉了他刘馆长的事情。

王洛基听完，沉思良久，不出于世非所料，开始质疑：“我们的外科手术是无痕的，怎么可能被发现？退一步讲，假使家属真的发现了，我们出钱了就能摆平？我们出的钱有多少给了家属，又有多少会被刘铭截留？”

于世非无言以对，场面尴尬，不过他沉默了一会儿，还是说：“虽然是无痕，但是真的仔细检查，肯定能看出来头颅骨有粘连的痕迹。再说，关于钱的事儿本来就是见不得光的，息事宁人最好，不可能算得一清二楚。"

王洛基盯着于世非看了一会儿，说："黑吃黑的事情，没办法，我也不计较刘铭黑我们的钱，不过我们也得留一手。"

于世非不解："留一手？"

"问问刘铭，是哪个遗体的家属，我们仔细研究一下这个大脑，看看有什么秘密，如果家属得寸进尺，无法摆平，我们可以拿出来这些机密要挟家属。"

于世非听了，心中暗暗佩服，姜还是老的辣。

于世非拨通了刘馆长的电话。

"刘馆长，我好说歹说，老王同意了，不过我们得知道是哪个人的家属？"

"5月30日手术的那位。"刘馆长平静地说。

于世非倒吸了一口凉气，说："那也就是说，需要很多钱？"

"500万吧，你知道他们家的势力。再说，对你们，这点钱算什么呀，破财消灾嘛。"刘馆长尽量轻描淡写地说。

"500万？抢钱呢？不可能！如果是这样的话，那我们就来阴的，看谁能拿得住谁。"于世非急了。

"于博士，你不要着急，也不是不能商量，我再托人协调一下，少给点应该也行，毕竟他们只是怀疑，并没有验尸。"

"100万，可以的话你就派人过来拿钱，不可以，我就想别的办法。"于世非气呼呼地说完就挂断了电话。

　　生气归生气，事情还得尽快解决，于世非赶紧去找马玉菡。马玉菡的实验室在人类智力研究院里是绝密级别的，只有几个人知道。于世非走到挂着"董事会专用"牌子的会议室门口，刷了指纹，会议室的门"唰"的一声开了。于世非走进去，反锁了会议室。然后走到会议室的一面墙前，把手掌按在墙上一个地方，指纹认证后，墙上很快出现了一个旋转门，旋转几乎没有声音，于世非走到门里，门又立即合上了。

　　于世非又走下了一段台阶，台阶两侧每隔几米就挂着一幅精美的画，每幅画的顶端都有一盏漂亮的心形水晶灯照下来，不过于世非没有心思看这些画，他疾步走下去，到了台阶的最下端，一扇门自动打开，一个灯火通明的巨大实验室出现在眼前，大概有一千平方米。

　　里面有两三个人在做实验，其中一个女士抬头看了看于世非，知道他要找马玉菡，就向马玉菡的办公室努了努嘴，也没说话。

　　于世非走进去时，马玉菡正在看一堆资料。她站起来说："世非，有什么事？"

　　"玉菡，2048530号，你分析了吗？"

　　"哦，那个大人物啊，还没有。"

　　"排到优先，有急用。"

　　马玉菡不解："怎么了？生前是个大人物，死后还要享特权？"

于世非关上马玉菡办公室的门，说："他的家属发现他的大脑不见了，现在闹起来了，我们想用钱摆平，老王担心如果钱摆不平，那就从他的大脑里挖点料，用这些料来威胁家属。黑吃黑的事情，讲道理没用。"

马玉菡听了，很不屑地说："你们这些人，就知道这些江湖套路。"

于世非笑了笑："不用这些套路，有其他办法吗？"

马玉菡有点激动，说："我来的时候，老王跟我说，这项计划是为了研究人类心理，为心理咨询提供参考，提高人类幸福感，可是我从2043年到这里，过去5年了，天天都是扫描这些遗体，挖别人的隐私。现在倒好，又要拿这些料威胁别人。"

于世非尴尬地笑笑："你又要吐槽了？"

马玉菡摇了摇头，不再说话了，过了一会儿，问道："什么时候要？"

"一两天内搞定吧。"

马玉菡无奈地点点头。

却说白先勇警官这几天一刻也不敢放松，知名企业家、慈善家钟国梁的葬礼再有三天就要举行了，会有一些政界、商界的大人物到现场参加，各项安保措施都在落实，白警官是现场安保的一线指挥。

在安排布置各个岗位工作的同时，他还得时时盯着来自墙上的监控图像大屏幕。在翻看殡仪馆前几天监控录像的时候，一个人引起了白警官的注意。白警官看了看监控录像的时间轴，显示是5月30日深夜11点，这个人首先出现在门卫的监控探头里，门卫似乎认识他，直接放行了。他手里提着一个大包，看上去很熟悉殡仪馆的路线，从大门径直走向办公区，穿过办公区的走廊，走进了一个房间，白警官调用了其他方向的摄像头，看清了这个房间的门牌：化妆间。过了大概半小时，他从房间里走出来，提着包离开了。

深夜来殡仪馆干什么？白先勇觉得此事可疑，钟国梁的遗体就在这个殡仪馆，可别出什么岔子。他赶紧拨通了刘馆长的电话："刘馆长，5月30日晚上，也就是把钟老大放到你们馆的那天晚上，有个人深夜去了一趟馆里，你知道吗？"

刘馆长在电话上迟疑了一下，问："什么时间？"

"晚上11点到11点30分，我们把钟老大放到馆里一个小时后吧。"

"你把录像传给我看看。"

白警官传给他，刘馆长在电话那头翻看了录像视频，然后说："哦，这是于世非。"

白警官不解："谁是于世非？"

"我们馆有个负责化妆的女孩，叫刘丹丹，跟这个于世非谈恋爱呢，这个于世非原来是个外科医生，现在到了人类智力研究院了，有时候遇到晚上的班，丹丹会偷懒，小孩子嘛，偷懒也可以理解，她就会让于世非过来替她顶班，于世非做遗体化妆也很不错。

我有时候也睁一只眼闭一只眼，你也知道，我这个单位招人很困难，只能宽容一点了，太严格了都辞职了。"

"老刘，这几天钟老大在你们馆里，这眼看着大人物们都要来了，可别出什么岔子。"

刘馆长赶紧说："你说得是，白警官，我跟大家强调一下纪律。"

白警官突然想到了什么："对了，于世非给钟老大化妆了？"

刘馆长顿了一下，然后说："应该就是，按时间推测，那个时候就是钟老大的化妆时间，丹丹又偷懒了。"

白警官提高了声调："老刘，可不能这样，你对钟老大这件事没好好上心，我这里可是对安保负全责的，你得配合我工作。"

刘馆长赶紧赔不是："白警官，你放心，我马上加强管理，有什么事情，你随时吩咐。"

马玉菡已经开始紧张的工作，钟国梁的大脑被放在超级巨大的纳米级CT扫描仪上，做断层扫描分析，扫描完毕后，就可以用3D复原技术完整地刻画出整个大脑的构成，精确度可以达到单个氨基酸分子级或者单个脱氧核糖核酸（DNA）的级别，也就是说我们可以知道整个大脑是由哪些蛋白质、哪些DNA组成的，而且知道它们是怎么搭建起来的，每个氨基酸在哪里，每个DNA分子在哪里。

当然这个扫描仪并不是马玉菡实验室独有的，实际上纳米级CT扫描是已经普及的技术。马玉菡实验室独有的技术是王洛基发明的数学分析模型，这个是高度机密的。

经过全球科学家们不懈的努力，在2040年，人类的记忆之谜慢慢揭开面纱。科学家们发现人类的记忆存储和调取过程与复杂的神经突触互相作用有关，而记忆信息是以DNA的碱基进行存储的，因为DNA有四个碱基，所以，人类的记忆信息是以四进制存储的。

当然，知道这些只是第一步，最重要的是怎么解码这些信息，天才的王洛基发明了一个数学解码的模型，经过马玉菡实验室不断地积累很多遗体大脑的扫描分析，逐步训练这个数学模型，现在这个数学模型的解码能力已经非常强了。

所以，到这里，你就知道了，为什么马玉菡实验室需要很多遗体的大脑。实际上，活人的大脑理论上也可以分析，问题是谁愿意把自己的大脑放在仪器里分析，让科学家们把自己所有的记忆都读出来？每个人都不可避免有一些羞于见人的小秘密。

当然，即使是已经死去的人，生前没有得到他们的同意，也是没有权利去分析人家的大脑的，所以，这就是马玉菡实验室见不得人的地方。

马玉菡也很矛盾，她不愿意侵犯别人的隐私，但是在她刚到这里的时候，王洛基告诉她，他们的事业是很伟大的，可以破解很多心理困境，为心理学家提供参考，解决很多人的心理问题。侵犯一些死去的人的隐私当然是不好的，但是我们的初衷是善良的。

马玉菡接受了这一套说辞，不过，时间一长，她就发现很多事情并不是她想象的那样，不过已经上了贼船，她只能继续往下走了……

经过24小时的扫描，钟国梁的3D大脑模型建立起来了。接下来就是把这些生物模型的数据输入王洛基的数学模型里，读出记忆。

　　马玉菡不由得紧张起来，她自己都不知道为什么，也许是因为钟国梁是个大人物，他创立了一个巨大的商业帝国，每个人都在他的商业帝国里做交易，而且他还是很多人的精神导师，他是一个传奇。在他生前，我们只能通过他的演讲、他的访谈和他的著作来了解他，现在我们居然可以全盘读出他的记忆，在他的记忆深处，到底藏着什么秘密？他是个诚实的人吗？

第二章 掩人耳目

马玉菡盯着屏幕，钟国梁的记忆被一点一点读取出来，又经过计算机的自动逻辑分析，对记忆信息进行关联、分类和取舍，这样，一个一个"故事"就呈现出来。这些"故事"可以选择文字形式呈现，也可以选择图像形式呈现。

马玉菡先用文字找出一些关键字，又把关键部分用图像显示出来，这样就相当于把钟国梁的记忆信息做了一次"蒙太奇"。

马玉菡盯着这些图像看了一会儿，似乎并没有什么令人惊讶的地方。在每个人的脑海深处都会藏着一些羞于面世的东西，但是对于马玉菡来说，这些东西都司空见惯了。尽管她窥视了很多人记忆深处的秘密，但是她并没有对人性失去希望，她相信很多人都会用理性和善良去驯服脑海深处那些可怕的怪兽。

马玉菡漫不经心地浏览着这位大人物的记忆信息，说实话她对于一些宏大叙事并不感兴趣，而这位大人物脑袋里充满着这些东西。直到一个女孩子的模糊形象出现，而她并不是钟的妻子，马玉菡才突然来了兴致。

马玉菡把这个女孩子设定为搜索目标，关联了所有的记忆信息。她的信息非常多，但是全名却没有，只有一个小名叫"小玉"。在钟国梁的记忆深处，有小玉的身体的详细信息，很显然他迷恋她的身体。有各种各样交往的细节，小玉是钟国梁的公司职员，看上去应该是负责秘书工作，钟国梁清晰地记得他们第一次见面、钟国梁引诱小玉、小玉顺从、他们第一次发生性关系……马玉菡不由地为这位美丽的姑娘可惜，因为在钟国梁的记忆深处，似乎没有什么感情因素，对于小玉，只有最原始的性欲。

突然，一个可怕的画面出现了，似乎是在深夜，小玉被一个东西砸中了脑袋，鲜血喷射，一个办公桌上的"飞马"艺术摆件从小玉的脑袋上弹开，落在了地上。这个故事非常孤立，几乎是突然出现在钟国梁的记忆中，跟其他故事没有什么关联。然后是钟国梁把遗体装在一个大行李箱中，运下楼，他自行驾车到郊外的一片树林里，把遗体丢到那里……

从钟国梁的记忆突触来看，这一段记忆信息关联的突触非常发达，这表示这一段记忆在日后被反复调取，也就是说被钟国梁反复想起。

马玉菡拨通了于世非的电话："大人物的信息调取了。"

于世非有点兴奋："怎么样，肯定有料吧。"

马玉菡说："婚外情。"

于世非不由得有点失望："这个恐怕不够重量级啊，一是不意外，二是很难有证据，我们总不能把他的记忆图像播放给家属看吧？"

马玉菡补充说："亲手杀死了情人。"

于世非兴奋地提高了调门："够重磅。"

于世非有这个撒手锏在手里，不再理会钟国梁家属的怀疑。不过刘铭馆长可撑不住了，他主动联系了于世非："于博士，家属那边我做了工作，他们也只是怀疑，没有真凭实据，所以，我估计有200万就差不多了。"

于世非得意地说："刘馆长，告诉他们，你手里有钟国梁杀人的证据，受害者叫小玉。他们识相点就别纠缠了，不识相的话，你就把证据交给警方。"

刘铭很诧异："什么？！真的吗？"

于世非说："那还有假，有了他的脑袋，什么秘密挖不出来？"

刘铭沉吟了一下，说："那你的方案是威胁他们？"

于世非说："当然了，他们是有头有脸的家族，输不起的。"

刘铭略显无奈地说："这样不太妥当，不过既然你们准备这么干，那我就试试。"

小玉的画面在马玉菡的脑海中反复播映，她被那个"铜制"飞马击中倒在地上，鲜血喷射，面部扭曲，这一切画面都压在马玉菡的心头。

她想找人倾诉，可是跟谁说呢？只能跟王洛基和于世非说。

王洛基、于世非和马玉菡每周都要开一个例会，在会上，马玉菡不由得开始吐槽："我不知道我们这个工作的意义是什么？明知道有人被杀害，还得保持沉默，那个大人物看上去光鲜亮丽，却双手沾满鲜血。我们还要出席悼念仪式，给他鞠躬，毕恭毕敬。一个花季少女，死于非命，没人管没人问，就像从来不曾存在过一样！再这样下去，我会精神分裂！"

王洛基面无表情地听着，于世非无奈地笑笑，也只能等着马玉菡说完。

马玉菡终于安静了，歪着头坐着，还在愤愤不平。王洛基继续面无表情地沉默，于世非为缓解尴尬的气氛，笑着说："玉菡，这是工作例会，不是吐槽大会。"

马玉菡睨了他俩一眼，说："你们俩对这件事没有一点想法？"

于世非笑了笑说："不是没有想法，是习惯了与这些想法和平共处。"他略一沉吟，又说，"我不压抑这些想法，这些想法也别烦我。"

马玉菡不屑地说："不就是鸵鸟战术吗？说得还很文艺。"

于世非笑了笑，不再说话。

王洛基沉默良久，终于开口："玉菡，我们最终会拿出一些心理咨询的诊疗方法，给陷入心理问题的人提供帮助。我们的数学模型还需要训练，现在还是有不少偏差，这样的偏差用于业余分析还可以接受，但是运用到治疗方案中还不够格。"

马玉菡哼了一声说："就算将来模型训练好了，怎么拿出来呢？本来就是见不得光的东西，有一天就会洗白了？"

王洛基沉默了一会儿说："也许有一天我们可以洗白。再说了，即使不能洗白，又如何呢？诊疗方案看的是有效性，而不是来源的合法性。"

于世非和马玉菡听了，也没有搞明白王洛基的意图。

大人物的葬礼到了，人们陆续集结在殡仪馆最大的告别厅，最开始的仪式是各界要人与家属握手慰问，然后陆续落座，市领导和钟国梁公司的总裁王咏先后致悼词，钟国梁生前资助的孩子上前向遗像献花……整个仪式庄严肃穆。

白先勇坐在警局指挥中心，保持着高度警惕，紧盯着各个监控的画面，同时听取和回应各个节点的信息报告。

一个监控画面引起了白先勇的注意，曾经在监控里见过的于世非出现在葬礼现场，他站在人群中，身边站着一个中年女人，从监控里能清晰地看到他们手牵着手，白先勇猜想应该是刘丹丹吧。事务繁忙，他没有时间管于世非了。

葬礼继续进行，致悼词环节已完毕，然后是遗体告别仪式，大人物们首先围着遗体转一圈，然后其他群众跟随着围绕遗体转一圈告别。大人物们参加完告别仪式后，按照程序就应该离场了，白先勇的工作也该放松了。

等到大人物们陆续乘车离开殡仪馆，白先勇的安保工作就告一段落了，接下来的程序是火化。当钟国梁的遗体被推进火化炉后，白先勇松了一口气，他靠在椅背上，拿起了桌子上的咖啡，此时才感觉到口渴。

此时，于世非的画面又从他脑子里冒出来，他调出刚才的监控，又看了一遍于世非和他身边的女人。刘丹丹？不对啊！他突然想起来，刘铭曾经跟他说刘丹丹是个孩子，可是身边这个女人可不能叫孩子了，怎么看都有30多岁了。不过，也有另一种可能，按照刘铭的年龄，30多岁也算孩子？

白先勇一边思索，一边开始调取手中的资料。按照警察的职业习惯，所有的疑问必须要得到确切的解答才行。他调取了钟国梁的详细安保方案，里面涉及运尸、化妆、停尸、葬礼……各个环节。他调出了化妆环节，负责人是刘丹丹，没错。他点开了刘丹丹的资料，里面有照片，是个很年轻的女孩子，鹅蛋脸、白白净净，也就24岁上下。再看看监控里的女人，瘦长脸，根本就是两个人。白先勇意识到刘馆长说谎了，莫非其中有什么猫腻？

白先勇拿起了电话，拨给刘铭："刘馆长，辛苦了，这个大事儿终于完结了。"

刘铭也赶紧客气："白警官辛苦。"

白先勇先用客套话让刘铭放松下来，然后突然袭击，给他个下马威："刘铭，这几天我太忙了，你骗我的事情我就不追究了，现在大事完结了，我得找你算算账。"

刘铭愣了一下，说："白警官，我不明白你说什么？"

白先勇说："你马上到警察局来，你是自己来还是我派几个人去请你过来。"

刘铭当然知道白先勇所谓的"请"是什么意思，赶紧说："白警官，我马上到。"

半小时后，刘铭到了警局，白先勇已经在一个会见室里等他了。看到刘铭进门，白先勇故意沉下脸来，刘铭看了一眼白先勇，似笑非笑地说："白警官，您这是怎么了？"

白先勇严肃地说："于世非的事情，你交代清楚。"

刘铭一听，心里反而放轻松了，若说别的事情，心里还真没底，若说于世非的事情，现在钟国梁的遗体已经火化了，没有对证，你白先勇能怎么样。他故意装作不解，说："于世非又怎么了？"

"于世非跟刘丹丹在谈恋爱，是你说的吗？"

"是啊，这个事儿说起来有点尴尬，其实是三角恋。于世非在人类智力研究院有个女朋友，好像叫马玉蔺吧，两人在一起好多年了，好像还没结婚，刘丹丹是第三者。我劝过刘丹丹，别插足人家的恋情，这个孩子就是不听话。不过话说回来，丹丹这个职业确实不好找对象，唉，传统观念根深蒂固。"

白先勇一时语塞，不过他不肯示弱，故弄玄虚地说："我说的不是这个事儿，于世非的事情没有你说的那么简单，你知道多少说多少。"

刘铭有点心惊，不过他故作镇定地说："我不知道还有其他什么事。"

白先勇一时也不知道从何说起，只好草草地结束话题："你不说没关系，我会查清的。"

刘铭看了看白先勇，似乎看出他露怯了……

刘铭离开后，白先勇有一点挫折感，他不想就此罢手，暗暗下了决心，一定要把这个事核实清楚。

却说刘铭回到办公室，思前想后，觉得白先勇应该不会知道太多事情，他可能也就是看到了于世非和马玉菡在一起，而不是和刘丹丹在一起，所以起了疑心，刚才自己这么一解释，也就说通了，他没法问下去。再一想到钟国梁的遗体已经火化，死无对证，刘铭高悬的心就逐渐放下来。但是他有一种直觉，他觉得白先勇肯定不会善罢甘休。

为了万无一失，他给于世非打了一个电话。于世非接到刘铭电话的时候，正在和马玉菡一起逛公园。

"于博士，我得跟你说一件事。有一个警察，叫白先勇，负责这次钟老大的葬礼安保，他从监控看到你出入殡仪馆的化妆间了，产生了怀疑，我已经告诉了他我们的故事了。"

于世非有点紧张起来，问道："刘丹丹的事情？"

"是的，所以，最近你得隔三岔五约一下刘丹丹。"

于世非有点犹豫："我这里倒是没问题，可刘丹丹会配合吗？"

于世非说这句话的时候，马玉菡朝他的胳膊狠狠地掐了一下，于世非一阵疼痛，脸都扭曲了。

刘铭说："我做做丹丹的工作。"

挂断电话后，马玉菡生起了闷气。于世非赶紧开导："这不就是为了掩人耳目嘛，等过了这一阵，让老刘换一个借口。"

马玉菡生了一会儿气，问道："你准备带她去哪里？"

"去吃个晚餐？"

"不好，晚餐聊天时间太多。"

于世非笑了笑说："那就去逛公园？"

"不好，逛公园还不是聊天？"

"你不希望我们聊天，那去VR战场？"

马玉菡想了想，说："好吧，就一起打个游戏吧。"

于世非摇摇头，笑着说："听你的。"

马玉菡又气不打一处来，说："笑什么，看把你美的。"

却说这个"三角恋"的情节是刘铭、于世非和刘丹丹事先订好的，不到万不得已不会拿出来。因为是"三角恋"，所以理论上应该比较隐蔽，人们没有发现也可以解释，但是一旦有人生疑，所谓的"三角恋败露"，为了防止别人跟踪调查，就得假戏真做一下。这也就是刘馆长要于世非约一下刘丹丹的缘故，因为他担心白先勇会继续调查，那就得给他一些"佐证"，打消他的疑心。

于世非不怀疑他对于马玉菡的感情，但是他对于以"情人"身份约刘丹丹出来还是有点激动，这无关感情，可能就是一种"游戏化"和"戏剧化"带来的刺激。马玉菡却闷闷不乐，好端端的男朋友要卷入"三角恋"的剧情，这导致她对这份工作的不满和牢骚越来越多。而王洛基照样钻在书里，不理会这些事情，只要没有什么大事发生，他都不会管，全部交给于世非处理，落得省心。

　　而白先勇确实安排了一个线人盯着刘丹丹，试图发现一些蛛丝马迹……

　　约定见面后，于世非把车停到刘丹丹楼下，坐在车里，等着刘丹丹下来。突然，一个一袭红裙、高挑的美女出现在于世非视野中，一下就把他的注意力吸引过去了，他定睛一看，才发现是刘丹丹。于世非不由地心中一动：前几次都是在殡仪馆见到，穿着白大褂，不施粉黛，并没有特别吸引人，今天才算见识了刘丹丹的美貌和身材。

　　刘丹丹走到车前，拉开门，坐在副驾驶的座位上，对着于世非笑了笑。于世非竟然不由地心跳加快起来，他故作镇定地说："很漂亮。"

　　刘丹丹倒是很轻松："哈哈，谢谢夸奖，当你的女朋友，不能给你丢脸啊。哦，对了，我还是'小三'，更得打扮得漂亮点啊，要不然谁信？玉菡姐那么漂亮又有气质，证明你的眼光很高的。"

　　于世非被她这么一调侃，反倒放松下来，也开起了玩笑："这部戏的剧情我喜欢。"

一路通畅，到了VR战场，他们俩穿戴好装备，奔赴"前线"，足足玩了一个下午，拖着筋疲力尽的身子走出了游戏室。

　　回到车里，于世非看了看刘丹丹，尽管她的头发已经蓬乱，脸上的妆容也被汗水冲掉，但是仍然掩饰不住她的美貌。刘丹丹看了看于世非，笑着说："看什么啊，你别入戏太深。"

　　于世非转过头，盯着挡风玻璃，笑笑说："我送你回家。"

　　刘丹丹说："一起吃个饭吧，就在我家附近的WEST西餐厅吧，我饿了。"随后就躺在座椅背上，闭上眼睛休息了。

　　于世非一听，不由地咋舌，想跟她说"马玉菡不喜欢我们一起聊天"，但是又说不出口，在这犹豫的工夫，刘丹丹已经在打呼噜了，于世非只好惴惴不安地开车向刘丹丹家驶去。

第三章　紧急任务

　　到了餐厅，落座完毕，刘丹丹慢条斯理地翻起了菜单，而于世非却如坐针毡，马玉菡还在等着他回家吃饭呢，耽误太久可就麻烦了。但是刘丹丹还在精挑细选，于世非等不及了，直接说："我就要一个牛排，七分熟，一杯冰水，谢谢。"刘丹丹似乎发现了于世非很着急，于是问他："你着急回家？"于世非只好说："是的，我担心有人要着急。"

　　刘丹丹笑了笑，对服务生说："一样的牛排和冰水，我也不挑了。"

　　于世非反倒有点尴尬，说："倒也不用太急，你再看看吧。"

　　刘丹丹很干脆地说："我喜欢牛排，跟你口味一样。"

　　等着上菜的工夫，两人攀谈起来。于世非首先问刘丹丹："丹丹，你怎么选了这一行的？按道理很多人不喜欢这一行呀。"

刘丹丹怔了一会儿，说："我没得选。我也没有什么学历，一直没有什么固定的工作。有一次我的一个亲戚去世了，我为她整理了遗容，被刘馆长看到了，夸奖了我，问我愿不愿意到殡仪馆工作，我当时有点害怕，不过没有什么更好的选择，就答应下来，这一干就是6年了。"

于世非又问道："你现在克服了对尸体的恐惧了吗？"

刘丹丹说："有时候还会害怕，有些情况比较特殊，你知道的，各种各样的都有。"然后她顿了顿，歪着头想了一会儿，似乎回想起了一些可怕的情形，不过她很快就收回了思绪，向于世非提了同样的问题："你呢？"

于世非说："我倒是不怎么恐惧，从第一次接触就没有恐惧的感觉。"

刘丹丹有点惊讶，说："为什么？"

于世非若有所思地说："可能是专业知识学得太多了，一个活生生的人在我眼里成了一个化学反应体，死亡本来是一场灾难，一个颇具宗教意义的仪式，不过在外科医生看来，却变成了一件物理意义上和化学意义上的事件。"

刘丹丹并没有完全听懂，她似乎已经出神了。于世非突然意识到跟刘丹丹说这些可能并不合适，毕竟她并没有接受很多生理学的教育，确切地说并没有接受多少教育。

刘丹丹对这个话题似乎没有了兴趣，又向于世非提了另一个问题："你是怎么到人类智力研究院的？"

于世非说："就是正常的调动啊，我原来在市第六医院，王院长跟我们领导借调一位脑外科医生，就选中我了，到这里也5年了。"

于世非轻描淡写地应付着刘丹丹，但是思绪却回到了5年前——

5年前，也就是2043年，于世非33岁，是市第六医院的脑外科医生，他业务上精益求精，人际关系上左右逢源，所以踌躇满志，一心想混个主任医师，甚至还想着将来能当上副院长，他知道凭他的实力也不是不可能。

这一天，他刚刚下了一台手术，院长助理就通知他，叫他到院长办公室。他急忙脱下手术服，赶到院长办公室，走进去后发现办公室里坐着另外一个陌生人。院长看到他进来，对那个人说："王院长，这位是于世非，是我们脑外科的业务骨干，人也很可靠。"

那位王院长站起来，伸出手，于世非赶紧上前握住了他的手。同时，院长向于世非介绍："世非，这位是人类智力研究院的王洛基院长。"

于世非和王洛基礼貌地寒暄，然后各自落座。

王洛基首先说话："世非，我这里有个紧急任务，需要一个脑外科专家协助工作，希望你能来。"

于世非问道："什么紧急任务？"

王洛基摇摇头说："世非，我不能透露太多，你们院长已经接到了上级指示，要求全力配合我的工作。你们院长指派了你，看来他很器重你。这个任务非常重大，而且很紧急。"

于世非看了看王洛基，又看了看院长，不知所措。

院长对他说："世非，我也不知道具体任务，看起来确实非常重大，市卫生部门的领导刚刚给我下了命令，要我全力配合王院长工作，你辛苦一下，跟着王院长去吧，听从他的安排。"

于世非茫然地点点头。

王洛基起身便走，于世非后面跟上去。他们上了车，王洛基启动车子，设置了自动驾驶，于世非看到设置的终点是市第一殡仪馆。路上于世非也不敢问什么，王洛基更是一路沉默。不一会儿，车子停在殡仪馆门口，刘铭馆长已经候在门口，王洛基和于世非下车后，刘铭也不多问，径直带他们走进一个化妆间。

化妆间的中央放着一个手术台，台上陈着一具遗体，房间的两个角落站着两个武警，荷枪实弹。王洛基走到遗体跟前，掀开了盖着头的布帘，露出了一张年轻英俊的面孔，于世非看了一眼遗体，又看向王洛基，不知道王洛基要他干什么。此时，王洛基说："把他的大脑完整地取出来，尽量不要损坏任何一个部分。"

于世非看了看遗体的头部，说："头颅很完整，大脑应该可以取出来，但是手术过程肯定会损伤皮层的血管。"

王洛基说："尽量完整吧，拿出你的看家本领。"

大约一个小时的手术，于世非终于把整个大脑完整地取出来了，放在了事先准备好的冷冻箱里。王洛基拿着冷冻箱，起身便走，屋里的武警随后跟上。王洛基向于世非招了招手，说："世非，你也走。"于世非看了看已经割开的头颅，说："我得缝好。"

王洛基说："我会安排刘馆长处理，你跟我来。"于世非只好跟着出了化妆间，一行人一路小跑，上了一辆事先准备好的押运车，车上已经有几个荷枪实弹的武警了，押运车一路飞奔到了人类智力研究院。

到了研究院的办公室里，王洛基又叫来了马玉菡，短暂的互相介绍认识后，王洛基开门见山地说："世非，你标出记忆相关的区域；玉菡，你用纳米级CT扫描一下这个大脑记忆相关的区域，精确到氨基酸和DNA级。"两人领命而去。当时还没有地下的庞大实验室，马玉菡和于世非就在普通实验室里开始做这项艰巨而紧急的任务。

24小时的紧张工作之后，扫描完成了，他们把巨量的数据交给了王洛基。王洛基说："我的工作还没有做完，可能还需要一个星期，你们先回去吧，把那个大脑保存好。"

一个星期后，于世非和马玉菡又被王洛基召集到办公室。王洛基充满疑惑地问："世非，你确定主管记忆的部分都扫描到了吗？"

于世非回忆了一下说："都扫描到了吧？"

王洛基严肃地说："不能有任何疑问，必须保证都扫描到。"

于世非一听这话，也有点情绪：这一段时间来，做了很多事情，可是却丈二和尚摸不着头脑，什么都不告诉，现在还又受到指责，而且又一想人类智力研究院又不是自己的工作单位，这个王院长也不是自己的上司，凭什么对自己指手画脚？于世非越想越有情绪，索性就说："不满意我的工作，就换个人做吧，我本来也不想做这个事了，莫名其妙。"

王洛基看到于世非这样，也急了："世非，你不要使小性子，这可是人命关天的事情。"

于世非满不在乎地说："什么事？有这么夸张？"

王洛基看他这个样子，只好说："我们需要调出这个警察大脑里的信息，他是一个贩毒集团的卧底，身份暴露后牺牲了。关于这个集团的所有信息警方都没法知道了，警方找到我，让我想想办法，看看能否还原一些信息，以便掌握这个犯罪集团的信息，尤其是想知道犯罪集团安排在警方的卧底。据他们说，这个集团最近可能会发动大规模的反侦查行动，很多警察都有危险，而这个集团安排在警方中的卧底是最致命的角色。"于世非和马玉菡听得惊呆了。

王洛基接着说："此事高度机密，你们不要泄露。同时也请你们理解，这也是没有办法的事情，本来未经死者生前许可是不能侵犯他的隐私的。情况特殊，关系到很多警员的性命，只能这样了。"

于世非听了，之前心里的憋屈没有了。他认真地回想了扫描过程，说："王院长，我肯定，所有区域都扫描过了。"

王洛基又问马玉菡："玉菡，你确定扫描足够密，没有丢失信息吗？"

马玉菡说："肯定没问题，即使一层有丢失，下一层扫描的时候也会修正，系统性的信息丢失几乎不可能。"

王洛基摇了摇头，说："怪事，数据无法整理出来。"

于世非问道："王院长，具体的问题是什么，我看看有没有办法解决。"

王洛基说："确切地说，是个数学问题，我设计了一个数学模型，可以解码记忆信息，我把你们的扫描结果输入了模型，结果没有办法解码出来。但是逻辑上分析，一定是可以解码的。"

于世非思考良久说："王院长，我们只扫描了记忆存储的信息分子，也就是DNA，没有扫描神经突触，可能会影响数据的架构。"

王洛基说："突触的生理作用是什么？"

于世非说："数据的存储、调取、数据之间的关联，都需要突触。"

王洛基一拍桌子，说："对了，我忽略了这个。我把这些数据放在一个平面上了，实际上在神经突触的作用下，这些数据应该是三维立体的才对。"

于世非不太懂数学模型，不过他大概知道王洛基的意思，所以他附和地点点头。

马玉菡说："那也就是说，还需要扫描突触？"

王洛基说："对。"

马玉菡对于世非说："世非，那是不是相当于要扫描整个大脑？"

于世非思考了一下说："对，整个大脑都参与了数据的构建。"

……

于世非正出神地回忆这些往事，这时牛排上来了，刘丹丹招呼他："快吃吧，愣啥？"

于世非对着刘丹丹笑笑，拿起了刀叉……

于世非和刘丹丹相处的这些事情都被白先勇的线人看在眼里，白先勇看了线人偷拍的这些照片，不仅没有打消疑心，反而更增加了疑窦。他们俩明显没有那么亲密，根本不像是情侣。白先勇思考良久，终于找到了一个调查的突破口。

这一天，于世非正在人类智力研究院里处理事务，突然办公室的门卫视频开启了，门口一个身穿警服的人正在等待他应答。于世非在视频中打量了一下这个人，不认识。不过既然是警察，不能不开门。于世非怀着忐忑的心情打开门，走廊的自动引导电子系统引导他走进了于世非的办公室。

他一进门，看了看于世非，说："是于博士吧？"

于世非说："是的，您是？"

"我是白先勇，区分局的。"

于世非知道这个名字，刘铭跟他提起过，赶紧说："白警官好，您这是有什么事吗？"一边说，一边招呼白先勇坐下。

白先勇说："于博士，这次来想问你点私事，可能给你添点麻烦，不要介意。"

于世非赶紧说："哪里哪里，白警官有什么吩咐尽管说。"

白先勇开门见山："你是不是在跟刘丹丹谈恋爱？"

于世非赶紧锁上门，然后转回头，对着白先勇说："白警官，这个事有点尴尬，我也是身不由己，有些苦衷不能跟外人说。"

白先勇笑了笑说："我不管这个事儿，我是问你，你是不是经常替刘丹丹上夜班？"

于世非有点紧张，不敢多说，只是回答："是的。"

白先勇又说："几乎每次夜班都替她上吗？"

于世非说："是的。"

白先勇追问："近一年来，刘丹丹每天都上夜班吗？"

于世非心内一惊，露馅了，刘丹丹不可能每天上夜班，而他于世非可是几乎每天都要去殡仪馆啊。他只好模糊地说："她上夜班很多。"

白先勇盯着于世非，于世非不敢跟他对视，急忙起身去给他倒水。

白先勇严肃地说："你说说吧，你是不是动了钟老大的遗体？"白先勇故意用了"动了"这个词，试探于世非。

于世非听到这个词，确实吓了一跳，莫非他知道很多事情？还是他在虚张声势？不过于世非很快就镇定下来，说："那天丹丹的班，我替她去的。"

白先勇不再说话，从公文包里拿出两张纸，递给于世非。于世非接过来一看，一张纸是于世非出现在视频中的时间记录，近一年来每天晚上于世非都会在晚上11点左右出现在殡仪馆的视频中。另一张纸是刘丹丹的值班时间，每周二、四是夜班，其他都是白班。

于世非有点紧张，能感觉到后背的汗都流下来了。

白先勇带着胜利者的口吻说："于博士，这个你怎么解释？"

于世非也不好辩解，只好无奈地说："这个我不做解释。"

白先勇轻蔑地笑了笑，说："若要人不知除非己莫为。"

既然到这一步，于世非也不甘示弱，问道："白警官，我犯了什么法？"

白先勇一下梗住了，不知道如何作答，确实啊，即使是夜闯殡仪馆，也不是什么违法的事情啊。不过他很快就转换了这个问题："犯了什么法你自己不清楚吗？不过我确实不能说你犯法，我只能说你涉嫌犯法，到底犯不犯法，那是法院的事情。"

于世非听了，心中倒增加了几分镇静：看起来你十有八九也不知道具体情况，否则也不会这么没底。

白先勇看着也问不出个所以然来，再说这里还是科研单位，于博士也是文化人，用硬手段也不合适，只好撂下一句话："你想说的时候随时来找我。"然后起身走了。

这边于世非送走白先勇，急忙去找王洛基。在听了于世非的汇报后，王洛基沉思良久，说："研究过的大脑都销毁了吧？"

于世非说："一般扫描后只留存一天，待数据核实后就都销毁了。"

王洛基说："我们取走大脑后的遗体都火化了吧？"

于世非查了一下手机，说："还有一具没有火化。"

王洛基说："最近不要取了，等着这具遗体火化后就安全了。"

于世非点头。

王洛基突然又想起来："对了，世非，你还得每天去一下殡仪馆，不过不要取大脑了。"

于世非心领神会，点头答应，不过他还是有点打鼓："难保不会有其他破绽，如果这个白警官有其他证据呢？"

王洛基想了想说："这个没法预料。一个分局的普通警员，谅他也翻不起大浪，我们毕竟也帮过省厅的大忙，实在不行就找省厅打个招呼。不过，不到万不得已，我们也不用麻烦省厅。"

于世非沉吟了一下说："我倒是有个主意。如果他发现了确凿的证据，我们就跟他做个交换。"

王洛基问道："交换什么？"

于世非得意地说："告诉他小玉的事情，他能破大案，立大功，也放我们一马。"

王洛基点点头："这是个好主意，可以试一下。"

第四章　事情败露

却说白先勇回到警局，坐下来越想越不对劲。一个脑外科医生，现在在人类智力研究院，经常出入殡仪馆，理由有漏洞，没有合理解释……他想着想着，突然一个可怕的念头冒出来：他们是不是在研究尸体的大脑？想到此处，他不禁毛骨悚然。

他继续想下去，是在殡仪馆研究吗？不太可能，殡仪馆没有仪器和实验室，那就只能取下来带回到人类智力研究院……他越想越觉得可怕，这帮人要干什么？连续几年，几乎天天取大脑，到底取了多少？上千个？甚至可能还取了钟国梁的大脑？

白先勇想到此处，脑海中刘铭、于世非等人的形象突然变得狰狞起来，似乎要咆哮着向他扑过来，他不由地打了一个寒战，思绪才又拉回来。

不过他毕竟是警察，害怕过后，职业赋予的责任感在心中又升起来：此事必须查清楚！

但是怎么查呢？他觉得在外围绕来绕去不行了，必须要亲自看一下遗体，是不是有大脑丢失了，但是没有合适的理由，怎么能平白无故去调查遗体呢？此时，他想到了技侦支队的张智汇，他肯定有办法搞定这个事儿。张智汇是白先勇的老部下，不过人家现在已经是支队长了，论级别已经比白先勇高一级，但毕竟是老同事，情分在，级别不重要。白先勇拿起了电话，打给了张智汇。

"智汇啊，我这里有个事，要请你帮忙。"白先勇也不客套，开门见山。

张智汇对白先勇还是很恭敬："白哥，什么事尽管说。"

"你得到我办公室一趟，事情比较重大。"

"那我马上过去。"

技侦支队和白先勇的刑警大队紧挨着，步行只需十分钟，张智汇很快就到了白先勇的办公室。在听完白先勇的推测后，见多识广的张智汇也不由得汗毛倒竖，脊背发凉。

白先勇最后说："这个事涉及面太广，涉及遗体几千具，有关联的家属上万个，容易引起群体事件，我们还得保密，就咱们俩知道就行了。"

张智汇说："明白，我们怎么着手？"

"我查了监控视频，于世非最近一次到访第一殡仪馆是在5月6日，按照我的理解，他们肯定要新鲜的大脑，所以，我们首先需要知道5月6日新进去的遗体有几具，然后我们得找理由检查一遍这几具遗体，看看有没有被动过。"

张智汇想了想说："这个好办，我可以黑进第一殡仪馆的内网，查一下就知道了。"

"问题是我们没有调查令，没法检查遗体。"

"我先查一下遗体是哪几具，我们再想突破口。"

张智汇就在白先勇的办公室，打开自己的手机，调出了光学键盘，开始工作。大概一个小时，第一殡仪馆的内网就被破解了，5月6日新进遗体五具，其中有一个是凶案受害者。

张智汇说："5月6日新进遗体不多，这是个好消息。"

白先勇又调出了于世非在5月6日的视频看了一会儿说："他每次到化妆间只待一个小时左右，按照推测，应该是每天只取一个大脑。"

张智汇说："那个凶案受害者肯定不可能动。"

白先勇同意："对，他们知道这具遗体还会被法医解剖，肯定不敢轻易动。那我们就剩下四具了，怎么才能想办法检查另外四具呢？"

张智汇笑了笑说："你别说，这个事儿我还真有办法。"

白先勇一阵惊喜："真的？"

张智汇带着神秘的笑容说："我想起了过去遇到的一个情况，现在我们可以套用一下，那个凶案受害者虽然肯定会被排除，但是他能帮我们大忙。我们出发吧。"

却说二人通知了第一殡仪馆，说马上要到那里为一个凶案调查取证。然后就驱车到了第一殡仪馆，到达的时候，已经下班了。

技侦和刑警到访殡仪馆也是常事了，这种事都不用通知刘铭馆长，只需要让工作人员待命就行。他们走进停尸间，还有两个工作人员在值班，是两个小伙子，在打电脑游戏，都没空搭理他们俩。

他们出示了警官证，这两个小伙子扫了一眼，其中一个问："您说编号吧。"然后又埋头在游戏中。

张智汇拿出了一个卷宗，看了看卷宗上的编号，对两个小伙子说："Z20480506001。"

他们俩听到编号后，又打了会儿，似乎打到一个节点后，才都起身，又看了看卷宗上的编号，就走到里面去对编号了。

不一会儿，他们推着一个遗体过来了，张智汇和白先勇打开了尸袋。张智汇"嗯？"了一声，然后说："不对啊。"

那两个小伙子本来还要继续游戏，听他这么一说，就又走过来，其中一个问："怎么了？"

张智汇指着卷宗上的照片，又看了看眼前的遗体，说："搞错了，不是这个人。你们编号没有更换过吧？"

一个小伙子说："这种编号不更换的。"

张智汇显得很奇怪，说："那就是我们这边的警察记错了？你把当天所有的遗体都推出来我看看。"

那个小伙子说："你先核实你的编号吧，万一都推出来还是不对，那不是白忙活吗？"

张智汇很生气，说："人命关天，犯罪分子还逍遥法外，我们忙活一下怎么了？！"

另外一个小伙子说："都给他推出来吧，这也不是什么宝贝东西，又不会丢。"

于是两个人就到里面对着编号一个一个推出来，并排放在屋子中间，然后又去打游戏了。

张智汇和白先勇一数，正好五个，心中都有底了。他俩挨个儿检查，检查到一个女性遗体的时候，白先勇抬起她的头颅，仔细一看后脑勺，眼前的景象让他突然心跳加快，浑身颤抖，他发现了铁证：有个明显的切割痕迹！而且复原手术并不是用针线，而是用生物胶直接粘连。随后，张智汇拿出手中的微型超声仪，扫描了一下头颅，回声显示，颅腔内是空的！他们俩对视了一下，互相读出了对方眼中的惊恐。尽管在意料之中，但心理上还是受了很大冲击。

他们拍了照片，固定了证据。然后对两个小伙子说："我们取证取完了，都放回去吧。"

那两个小伙子异口同声地说："好。"还埋头在游戏中。

当白先勇再一次出现在于世非办公室门卫视频中的时候，于世非预感很不好，从视频中就可以看出来白先勇满脸自信。白先勇走进了于世非的办公室，于世非迎上前向他问好，不过白先勇却并没有搭理他，径直走到沙发前，坐下来，看着于世非，露出似笑非笑的表情。

于世非硬着头皮问："白警官，又有什么事？"

白先勇也不说话，从公文包里拿出一沓资料，扔给于世非。于世非拿起来一看，有于世非的在殡仪馆的监控视频截图、遗体的照片、超声记录的照片……于世非假装反复看着这些材料，同时也在平复着自己的情绪，等情绪逐渐平复之后，他心中暗想道：这下被逼到墙角了，到了交换利益的时候了。不过在最终交易之前，还需要杀一下对方的威风，这样才能拿到足够的筹码交换。

于世非找了几个角度，逐个进攻："白警官，你有调查令吗？怎么可以随便检查遗体呢？这些证据属于非法取证，应该被排除的。"

白先勇冷笑了一声说："我知道，我可以排除这些证据，但是你能保证刘铭、刘丹丹都能扛得住调查吗？如果他们出来作证呢？"

于世非又说："白警官，这个案子你查不下去的。你现在是以私人身份查的，你试试立个案，立即就会收到市局甚至省厅的阻拦的。"

白先勇不屑地说："于博士，你还要玩花招吗？"

于世非也不示弱，针锋相对地说："白警官，你虽然是大队长，但也只是一个基层的警察。我们这个机构的研究项目可是有高层首肯的，否则怎么会存在这么久？"

白先勇当然不可能轻易相信："别吓唬我，我历来不信这个，我要是学会巴结高层这一套，早就不在基层了。"

于世非只好说："你知道黑风团覆灭的事情吗？"

白先勇有点不解："知道啊，怎么又扯到黑风团了？"

于世非说："当时省厅领导了这个大案，我们帮了省厅很大的忙。"

白先勇摇摇头说："不要胡扯了，那是五年前的事情，你们那会儿还没成立吧？"

于世非说："正是在剿灭黑风团的战役中，我们才组成了现在的团队。"

白先勇有点相信了，不过他还想继续搞清楚，问道："帮了什么忙，我听听。"

于世非毫不客气地说："你这个级别，没有权限知道。我们当年帮忙的时候，在我们身边荷枪实弹的保卫人员都是支队长级别的，绝密任务。"

白先勇不敢不信，也不能全信，他轻蔑地笑了笑说："我不管这些事，只要抓到你们的违法证据，不要以为省厅就可以救你们。"

于世非看他似乎是相信了帮省厅忙这个故事，只是还嘴硬，不承认省厅会保护我们。于世非觉得现在交换利益的时机成熟了，于是他说："白警官，不如我们互相给个方便。"

白先勇很迷惑："怎么讲？"

于世非说："我不再去殡仪馆了，同时还送你一个大礼包，你也不能再追究这个事情了。"

白先勇摆手说："我不要什么大礼包。"

于世非笑笑说："白警官不要误会，我是说我给你提供一条刑事案件的线索，你破了这个案子，绝对会非常轰动。"

白先勇眼前一亮，一听到刑事案件的线索，职业病就犯了："你说吧，我可以考虑。"

于世非说："白警官，生意可不能这么做。你只有答应了我，我才能提供。"

白先勇想了想，问道："是个大案子？"

于世非说："当然，绝对轰动。"

白先勇盯着于世非看了一眼，又盯着墙陷入了思考，手指无意识地敲击着沙发扶手，思考了一会儿，他说话了："我答应你。"

于世非心中暗喜，他稍稍平复了一下激动的心情，说："钟国梁生前杀掉过一个情人，叫小玉，是他的秘书。"

白先勇一惊："真的假的？"

于世非语气肯定地说："不会有假，你调查一下就知道了。"

钟国梁杀人？！这个消息确实重磅。白先勇完全被这个案子吸引住了，他立即着手调查。他首先想到了一个朋友——吴慈仁，听说他刚刚到了钟国梁公司工作，可以先从他这里了解一点信息。

白先勇给吴慈仁打了电话："老弟，忙着吗？"

吴慈仁说："白哥，忙着啊，还说这几天请你喝顿酒呢，也没时间。"

白先勇笑着说："你想着我就行。我这里有个事情，问你一下。"

"什么事？"

"钟国梁是不是有个秘书，叫小玉？"

"全名叫什么？我可以从办公系统查一下。"

"全名我不知道。"

"我也是刚来，很多人都不认识，钟国梁的秘书应该很多吧，这里人员流动性也不小。"他停顿一下又问，"你找这个人什么事？"

"牵扯到一个案件，我不便讲太多。"

"哦，那我给你推荐一个人，你问问他吧，他是钟国梁的助理，跟了他很多年了，你记一下电话号码，他姓王。"随后他说了号码，白先勇记下来。

白先勇打电话给了王助理。双方互通姓名后，白先勇问道："王助理，我跟你打听一个事，你知不知道钟总有个秘书，叫小玉？"

那边王助理在电话里轻轻地"啊"了一声，然后是一阵沉默。

白先勇等了一会儿还没有回音，又问："王助理？"

王助理终于在电话那头说话了："白警官，您是怎么知道的？"

白先勇一听，有戏啊，故意神秘地说："我查到了一点线索。"

王助理又是一阵沉默，然后说："不可能啊……"

白先勇心中一阵得意，不过他没有说话，他心想看你们怎么遮掩？

王助理也不再说话，沉默良久，才说："白警官，你明天下午三点方便到湖畔心理诊所吗？"

白先勇不知道他葫芦里卖什么药，为什么要到心理诊所？不过他想着这个事儿确实应该当面说，电话里也说不清，就答应下来。

第二天下午三点，白先勇准时赴约，这个地方名字叫"湖畔心理诊所"，确实名副其实，是一个小别墅，坐落在湖畔，门口花团锦簇，垂柳拂岸。进到门里，前台问询后，径直引导白先勇到了一个会议室，会议室里已经有两个人在等待了。

两个人看白先勇进来，都起身迎接，白先勇亮出了警官证，那两个人也都给白先勇递了名片，一个是王英培，哈利路亚公司董事长助理，这个应该就是电话里的王助理了。另一个叫安以睿，心理咨询师，湖畔心理诊所主任。

白先勇落座后，看了他们俩的表情，本以为他们会紧张，但是白先勇却没有看到一丝紧张，他们脸上写满了一种表情，凭着警察的敏感，白先勇觉得他们的表情可以归结为两个字："困惑"。

安以睿首先说话了："白警官，您是从哪里知道小玉的事情的？"

白先勇当然不能透露消息来源，他严肃地说："我不能跟你们说办案的事情，你们说说小玉的事情吧，知道多少说多少。"

安以睿无奈地摇摇头，说："小玉是钟总幻想中的人物，他生前一直受妄想症困扰，严重时无法分清幻想和现实，一直在我这里接受心理治疗。按照我们的职业道德，是要替患者严格保密的，我不知道你怎么知道小玉的事情的？"

白先勇愣住了，他万没想到这个，他搜肠刮肚地寻找借口，可还是没有找到一个合适的，最后他只好说："在合适的时间，我自然会告诉你们。"

白先勇想很快离开，以逃离这个尴尬的局面，但是安以睿却死死纠缠："白警官，钟国梁的隐私被泄露，我需要知道是谁泄露的？钟国梁的隐私只有王助理和我知道，连他的妻子都不知道。"

白先勇无可推脱，只好说："我认识一个人，他会读心术。"尽管白先勇这个谎撒得实在离谱，但是事实已经摆在这里了，安以睿和王英培也不知道该怎么质疑。

安以睿用坚定的口气说："不论他是谁，我要见见他。"

第五章　研究活人

　　白先勇预约了于世非后，就带着安以睿到了人类智力研究院，于世非已经在办公室等着了。于世非心中忐忑不安，他不知道为什么白先勇又要带一个心理咨询师过来。

　　白先勇和安以睿走进来后，于世非打量了安以睿，中等身材，圆圆的脸，浓眉大眼，络腮胡子，刮得很干净，两腮留下了青色的胡茬印。

　　各自落座后，于世非遥控了服务机器人，给白先勇和安以睿倒了茶水。安以睿对着机器人说："美式咖啡一杯。"机器人亮了一下胸前的灯，表示确认，然后转身去倒了咖啡。

　　白先勇首先介绍："于博士，这位是安以睿，心理咨询师，钟国梁生前曾找安博士做过咨询。"

　　安以睿点点头，递上了名片。于世非起身双手接过，又茫然地坐下。

白先勇接着说："小玉是钟国梁幻想中的人物，钟国梁患有妄想症，不能分辨现实和幻想。"

"啊？！"于世非差点惊呼出来，这对于世非来说实在是太意外了，他待在那里不动。这件事一下把他之前的设计打乱了，他脑袋里一团乱麻。愣了一会儿，才缓过神来，不过还是不愿相信，"真的吗？"他转向白先勇问道。因为他想到是不是钟国梁生前设计好的计策，试图骗过警方。

不过白先勇的回答让他失望了："我看了所有的就诊记录，不会有假。"

于世非又看看安以睿，似乎还是不相信。安以睿说："现在你不用怀疑我们，倒是我该怀疑你为什么有钟国梁的隐私？"

于世非看了看白先勇，似乎在用眼神问他："你到底跟这个咨询师说了多少？"

白先勇笑了笑说："我说你会读心术。"

于世非也尴尬地笑了笑，不置可否。

安以睿似乎猜到这里肯定有什么见不得人的地方，于是他说："我是个学者，我只关注你们的研究方法，可能你们采用了一些不正当的手段，这些我不管。"他试图打消于世非的顾虑。

于世非听了，还是打不定主意，心中犹豫不决：到底该不该说实话呢？

安以睿不愧是心理咨询师，于世非的心理活动岂能瞒过他，于是他又说："不过要是你们敷衍我，不跟我说实话，那我就不客气了。"

这样软硬兼施，于世非的心理防线攻破了，他调整了一下坐姿，直起身子，说出了他们的秘密……

于世非本以为安以睿会对他们取大脑这个环节很厌恶，可是没想到的是安以睿却听得非常兴奋，不断地问一些细节。对于世非来说，没有了做坏事被抓住的感觉，而是有一种遇到知音的兴奋。

于世非的故事讲完之后，安以睿还沉浸在这种独特的研究方法中，他思考了一会儿，才回过神来，悠悠地说："这个研究方法很好，不过缺少一点心理学的支撑。"

于世非不解："心理学？"

安以睿说："我可以加入你们的研究团队吗？"

于世非有点意外，不过通过刚才的沟通，他倒是觉得安以睿是个不错的团队成员。但是这个事他需要请示王洛基，于是他说："我跟团队成员商量一下，尽快给你答复。"

安以睿非常高兴，说："那就拜托老弟，帮忙美言几句，我马上给你发我的简历。"

那边白先勇被这两人晾在一边，没法插话，本来还想将于世非一军，结果还给他们介绍了一个干将，这真是始料未及。安以睿似乎意识到白先勇的处境，回过头来说："咱们能合作，还要感谢白警官，改天我们一起喝顿酒。"

白先勇笑笑，不知道从哪里接这个话头，他心里想着，本来抓住了于世非非法取尸体器官这个线索，可是却拿来交换了，现在换来的不是什么大案，而是一场学术讨论。他又想到这个团队可能确实不简单，这个案子如果真的往前推，到时候真有可能被上级拦下来，也是白费劲，不如就这样吧，算交个朋友也好。

　　却说于世非跟王洛基说了安以睿想加入，王洛基说："我们没法拒绝啊，你已经跟他说了我们全部的秘密了。"

　　于世非说："我们也没有拒绝的必要，我觉得他是个不错的研究人员，可以从心理学方向再把我们的研究推进一下。"

　　王洛基点点头。于世非正要告辞，王洛基又叫住了他，怔怔地看了他一会儿，看得于世非心里有点犯怵，不禁问道："怎么了，王院长？"

　　王洛基说："刘铭说钟国梁的家属发现了尸体被切割的事，我们最终没有给钱吧？"

　　于世非说："没有，我们用小玉的事情堵他们的嘴……哎，不对啊，王院长，你问得好，这可能就是刘铭的骗局啊。是刘铭想讹诈我们的钱吧，所以他编了一个故事，没想到我们也阴差阳错编了一个故事，把他骗了。"

　　王洛基说："你跟我说了遗体是钟国梁的，我就意识到是骗局，钟国梁的家属是何等人物，如果发现钟国梁遗体被动，岂能善罢甘休？"

　　于世非不解地问道："那你怎么不说？"

王洛基停顿了一下，说："我错怪你了，我以为你跟他一起来骗我，但是我想着你可能需要钱，就没有细究。"

于世非五味杂陈，对于王洛基的不信任有点生气，但是又对王洛基对他的体谅和宽容有点感动，不知如何作答。

王洛基又说："世非，你也不用有太多想法，我们看了太多人心底的秘密，人心本来就没有那么纯净。我们不是因为这个世界很纯净才去爱这个世界，而是因为我们之间有了爱和信任，这个世界才会逐渐变得纯净。"

安以睿加入团队后，迫不及待地翻阅了之前所有的研究报告。他白天在心理诊所上班，晚上就熬夜看报告，对于一个心理医生来说，从来没有如此直观地"看到"别人内心的想法。

他看了一周左右，除了兴奋，也发现了一些原来团队研究方法上的问题。他准备召集一次会议，纠正这些问题。

安以睿发出会议邀请后，王洛基对这种讨论不太积极，他觉得这不过是安以睿想表现一下而已，但是要给新人一个面子，会还是要参加的。马玉菡收到这个邀请后，觉得安以睿好表现，不稳重，刚来了没几天，还没搞清楚状况就组织会议，不知道自己几斤几两，但是王院长和世非都要参加，那她也得去。只有于世非对于这个讨论很兴奋，因为他跟安以睿已经有了一次对话，虽然没有非常全面地了解安以睿的想法，但是他确实捕捉到了安以睿的一些思路，他觉得这些研究思路很有价值。

无论如何，这次学术讨论会还是如期举行了，他们选了一个郊外的别墅酒店，虽然只有他们四个人，但是还是聘请了专业的会务公司筹备了餐食和茶歇。安以睿对于这样的安排有点受宠若惊，他私下问了于世非："世非，我们就是一次内部讨论，有必要这么铺张吗？"

于世非笑笑说："这不算铺张，这就是我们的日常。"

安以睿有点意外，"你们这么有钱？"

于世非神秘地说："以后你就知道了。"

这天，盛夏的上午，从这间郊外别墅的落地窗，可以看到远山深涧、蓝天白云，听到鸟鸣山间、蝉叫林中。安以睿首先做报告，他一开始就提出了几个问题："我看了所有的报告，你们研究了3482个大脑，如果算上你们第一个研究的那个卧底警察，应该是3483个，所有的大脑都成功提取到了数据，这是非常了不起的成就。从数据分析的角度来看，第3000个大脑以后，数学模型就基本成熟了，数据的解码率可以达到90%以上。"

王洛基点点头，他现在才觉得安以睿不是要卖弄，他确实认真研读了所有的报告。

安以睿继续说："但是，你们的研究集中在数据解码，却没有在心理构建方面下功夫。"

于世非点点头，他认可这个说法。王洛基和马玉菡感觉这个观点很新鲜。

安以睿说："人类心理构建有几个原则，如果我们用这几个原则重新训练数学模型，我们的分析结果将更加准确，也更加有意义。比如，时间越近发生的事情细节越丰富，这样我们就可以通过解码出来的数据细节的丰富度排出记忆写入的顺序。我发现你们并没有投入太多精力到记忆的时间顺序上，这是一个重要的缺憾，时间越近发生的事件，对于心理的影响越大，我们可以通过这个原则重新赋予所有数据不同的权重，这样才能更加合理地构建被研究者的世界观、价值观。再比如，长时记忆与短时记忆要分开，长时记忆对于人的性格塑造要比短时记忆更重要。还有，你们的研究可以分清被研究者的现实经历和幻想，但是对于妄想症患者，他本身不能分清现实和幻想，这样你们的研究也会混淆，明显的例子就是钟国梁。不过我认为有办法分清，因为现实经历的事件有连贯性，而幻想的事件跳跃性比较大，可以从这个角度去训练数学模型。"

安以睿滔滔不绝，王洛基、于世非和马玉菡都听得入了迷，不住地点头。看起来之前这个数学模型只是把人的大脑看成了一个数据存储器，而没有把它看成一个受情绪影响的器官。

安以睿报告完毕后，王洛基、于世非和马玉菡都陷入了思考。过了一会儿，王洛基说："虽然我们打开了一个新的思路，但是我们的器官源出了问题，以后可能没有大脑供应了。"

安以睿看看于世非，于世非说："我跟白先勇承诺了，我不再去殡仪馆，他也不再调查了。"

安以睿想了想说："也许我们需要考虑另外一个思路。"

王洛基说："什么思路？"

安以睿说："我们可以研究活人。"

安以睿说完，其他人都惊呆了。过了一会儿，于世非质问了一句："活人？"

安以睿点点头。

于世非又问："谁会愿意被别人这样研究？"

安以睿坚定地说："不需要他知情同意，我告诉我的患者，说他需要接受纳米级CT扫描，然后我们研究扫描过的数据。"

于世非说："这可是铤而走险了。研究尸体，证据可以彻底销毁，尸体被火化，大脑被处理，死无对证。研究活人，证据可是不能销毁的。"

马玉菡也马上说："这可是犯罪啊，我们研究遗体就已经够卑鄙了，现在还要研究活人？"

王洛基倒是没有说话。

安以睿说："我们在治疗他们的病，他们都受各种心理问题困扰，有的甚至痛不欲生，我们治疗了他们，让他们恢复健康，这是犯罪？我不是法学家，但是我认为有办法帮助他们却不去努力才是犯罪。"

于世非说："这件事情在良心上感觉是不是罪恶是一回事，但是法律规定是不是犯罪是另一回事。你可以在良心上不觉得是犯罪，但是法律不会问你的良心，它讲的是事实和法条。"

安以睿说："根据罪刑法定原则，我们这样的行为尚属首创，法律上也没有明确规定。"

于世非说："并不完全如此，法条没有规定，但是如果司法解释覆盖到，那还是逃避不了的。"

马玉菡插话道："难道我们所有人都在良心上过得去了吗？我们只盯着法律是不是能约束到？"

于世非看了看她说："玉菡，我知道你很难接受，先别说了，我们都慎重考虑一下再说。"

大家都沉默了，价值观的碰撞不同于利益的碰撞，价值观的碰撞更加敏感，稍有不慎，就连朋友都没得做了。

沉默了一会儿，王洛基突然说话了："我支持安以睿，去做吧。"

安以睿又惊又喜，没有意料到这么快就得到了院长的首肯。

于世非惊讶地看着王洛基，说："王院长，不用这么快决定吧？"而马玉菡则对王洛基怒目而视。

王洛基眼光扫了一遍在座的各位，平静地说："遵纪守法不是我的最高价值追求，科学和真相才是我的最高价值追求。我不勉强各位，如果你们觉得与我的价值观不符，请离开这里。"他顿了顿，又说："我们做的事情从来都不是合法合规的，但是我们问心无愧，我们没有伤害到任何人……好吧，确切地说，没有伤害到任何活人。但是我们却拯救过很多人，剿灭黑风团就是证明，我们的工作让很多警察避免生命危险，这不是比什么无聊的良心安不安的讨论更有意义吗？"

于世非不敢再说话，马玉菡似乎也没有刚才那么怒气冲冲了，王洛基把整个团队的讨论带到了哲学层面。我们都知道，哲学层面的讨论往往更接近事情的本质，而任何事情越接近本质，就越难简单地判断对错。

总之，这次讨论会确立了安以睿在这个团队中的江湖地位。

接下来还有很多技术细节，他们也讨论了很久。

第一个问题，尸体的大脑可以扫描24小时，但是活人的大脑不能扫描那么久，每次最多4个小时，而且还得麻醉，最多扫描5次，而且两次扫描之间需要间隔一周。这就需要集中扫描一些区域，而不是整个大脑，所以，长时记忆、近期记忆重点扫描，其余记忆不用扫描。

第二个问题也很棘手，纳米级CT扫描仪辐射巨大，所以，必须要给患者服用抗辐射的药物，这种药物可以快速清除受到辐射后死亡或者突变的细胞。另外，还需要服用一些辅助药物，让患者在接受大剂量长时间辐射后不至于有皮疹、头晕或者恶心等症状。

药物是现成的，但是购买这些药可没那么容易，这些都是受监控的药物，大量购买几乎是不可能的。一个地方大量购入抗辐射药物是一个非常敏感的信号，会立即引起监管部门的重视。他们想了很久，也没有什么好的办法。

于世非最后说："我来搞定这件事吧。"于世非其实没有什么把握能搞定这件事，但是他还是硬着头皮揽下来了，他自己内心也有个小算盘：王洛基铁了心要做这个研究，想要掰回来不可能了，只能共同努力继续往下做。而自己是脑外科医生，之前研究尸体，需要取出大脑，自己的工作很重要，以后研究活人，不需要取出大脑，也就没有脑外科什么事情了，所以，必须要搞定抗辐射这件事情，否则自己的作用就边缘化了。

于世非包揽下这件事后，王洛基满意地说："也只有世非能办这件事。"

马玉菡看了于世非一眼，又看了王洛基一眼，摇摇头后说："我们到底要走到哪一步啊？"

第六章　食人恶魔

于世非包揽了这个棘手的问题后，翻来覆去想了很久，最终还是一筹莫展，正在犯愁的时候，接到了刘铭的电话。刘铭最近也是郁闷，好好的生意被白先勇破坏了，不过他还是不死心，想着能不能再从于世非这里捞点灰色收入，毕竟人类智力研究院可是个大财主啊。

于世非接起了电话，刘铭在电话里调侃地说："于博士，我们这生意虽然不做了，但是朋友还得做啊，怎么也不联系我了？"

于世非只好赔笑道："刘馆长说哪里话，最近研究院里事情多，没时间约你啊。"

刘铭顺势说："于博士不要太操劳啊，老哥请你喝个茶，放松一下。"

于世非实在没心情去跟刘铭喝茶，要不是生意往来，于世非跟刘铭根本就不是一路人，于是推辞："我实在没时间啊，什么事都得身体力行，哪像你大老板，动动嘴就行了。"

刘铭听出了于世非心事重重，说："老弟，你是不是有什么事？说出来我看看能不能帮你。"

于世非只好说："确实有个事，很棘手。"

刘铭一听有戏，他就是这种见缝就钻的人，马上说："你过来，山涧茶馆，我给你想想办法。"

于世非一想，自己一个人确实没想出什么好办法，老刘说不定真有办法，且听听他的想法，于是就答应前往。

山涧茶馆是个小茶馆，装修古色古香，当庭摆设假山、树木、细流，俨然一副山涧景色，景色的四周，是一个个独立的包厢。

于世非到了的时候，刘铭已在包厢里等候了。待于世非坐定后，刘铭问道："于博士，遇到什么困难了？也不跟老哥说，这么见外？"

于世非说出了自己的困难，刘铭听完，笑道："你们这些读书人，想问题果然生搬硬套，不就是买点药吗？国内监管严格，就去国外买啊。"

于世非说："说得轻巧，药品进口不是照样监管吗？"

刘铭笑笑说："看你可以花多少钱了，只要肯花钱，我来办这件事。"

于世非看了看刘铭，还是不信任："我可是要正规渠道的药，而且是长期大量的供应。"

刘铭说："这我知道，你说说肯花多少钱？"

于世非说："钱不是问题，你知道的。"

刘铭笑着说："看来我们可以继续合作了。"

于世非问道："说说看，你准备怎么办？"

刘铭半开玩笑地说："生意可不能这么做，这是我的商业秘密。你要正规药物，我要钱，你不用管我怎么弄到药的。"

于世非仍然半信半疑："我可是要做液相色谱的，你的药如果通不过验证，那就不会收到钱。"

刘铭呵呵一笑，说："当然，我哪敢骗你们科研单位。"他停了一下，又说："我这里需要一个人和你对接，是你这里派人还是我这里派人？"

于世非不假思索地说："让刘丹丹来对接。"

刘铭又忍不住调侃一句："你这是真的动了感情了啊。"

于世非不动声色地说："不能扩大知情人范围了，刘丹丹本来就是知情人，继续让她对接。"

于世非解决这件事情之后，总算轻松一点了。没过几天，就接到了刘丹丹的电话，约他谈一些具体的商务条款。

在赴约刘丹丹之前，为免马玉菡生疑，于世非还是告诉了马玉菡背后的安排，马玉菡听了，自然很不高兴，嗔怪于世非："为什么非要安排刘丹丹对接这件事？"

于世非在这个问题上撒谎了："刘丹丹已经是知情人了，刘铭的意见是不能再扩大知情人范围了，所以，刘丹丹是最合适的人选了。"

马玉蔺心中别扭，不过也不好说什么，只能沉默以对。

于世非到了西餐厅的时候，刘丹丹正在玩手机游戏。看到他过来，扫了一眼，说："等我一会儿。"然后又埋头游戏。

于世非自己坐下来，喝了几口水，盯着刘丹丹看了一会儿，她穿着白色的连衣裙，更显身材，头发过肩，显出温柔的气质。刘丹丹结束了一局游戏，抬起头来，对着于世非笑了笑，说："不好意思。"

于世非没有说话，也只是笑笑。

刘丹丹说："还是牛排，七分熟，一杯冰水，我已经给你点了。"

于世非说："好。"

刘丹丹又说："刘馆长说了，药品比较贵，让你有个心理准备。"

于世非问道："什么价位？"

"每个月的药品都需要加上一个国际往返航班费用。"

于世非惊讶道："你们每个月都要到国外代购？"

"对呀，入境药物最多带一个月前的用量，所以，每个月都需要往返一次。"

"哪个国家？"

"还不知道，刘馆长还没说。"

费用倒不是问题，这件事情用这么简单的方式解决了，于世非还真没有想到，钻规则的空子确实是老刘的长项。

正说着，牛排上来了，刘丹丹也点了同样的牛排。两人边吃边聊。

刘丹丹突然笑着问道："咱们现在还需要装作情侣吗？"

于世非有点尴尬，说："应该不用了吧？"

"那我们以后每个月都至少见一次，甚至不止一次，理由是什么？"

"装作情侣我倒是没问题，就怕影响你找对象啊。"

刘丹丹笑笑，说："影响什么，喜欢我的人自然会来跟你竞争啊。"

于世非给她竖起了大拇指，然后夸赞道："豁达。"

于世非搞定了抗辐射的药物，这个研究的障碍就扫清了，安以睿踌躇满志。不过，按照刘铭的代购模式，药品的供应是有限的，不能同时支持研究两个人的大脑，只能一个一个研究，这是个问题，所以，这就需要挑选最适合的被研究者。当然这个挑选的权利也完全交给了安以睿，安以睿只需要给研究组提供一个被研究者的基本情况即可，不需要研究组其他成员确认这个研究对象是否合适。

安以睿首先选中的被研究者是关立森，一个大学教授，独身主义，焦虑症患者。他是高知分子，在大学教授数学，因为长期受焦虑症困扰，对于心理学也有很深的研究。这也是安以睿感到棘手的地方，正因为关立森很懂心理学，他往往不能投入心理咨询的诊疗过程，在过程中总是游离出来，以一种研究者的姿态超然地看待诊疗过程。所以，对于关立森的治疗往往会演变成安以睿和他之间的一场学术讨论，效果自然大打折扣。

安以睿有一种直觉，他的焦虑症有更深的背景信息，他一直没有完全披露，他会倾诉很多，但是在安以睿看来，他所倾诉的东西都不一定是他想表达的，很多时候他的倾诉是有隐喻的，另有所指。但是他指的是什么呢？安以睿不知道，他很想知道。

关立森到安以睿这里做心理咨询有四年了，收效甚微，这件事给安以睿很大的挫折感，反倒是关立森经常安慰他说没关系，他不介意治疗效果，有个人陪他说话就行。

在星期五下午，是每周固定的咨询时间，关立森又过来了，他照例穿着西装，皮鞋一尘不染，提着一个小小的公文包。安以睿看着他，心中不由地得意起来：老关，你在想什么，我很快就知道了。

关立森坐下来，安以睿遥控了服务机器人，给他倒了水。关立森又做出了习惯性的工作，双肘部抵着桌面，双手交叉着立在下巴下面，然后说："尿频次数没有减少，失眠没有改善。"

安以睿点点头，说："也没有恶化吧？"

关立森说："没有恶化。"

安以睿说："最近我到人类智力研究院做了一次学术交流，我觉得他们对于心理机制的生理基础有不少新的发现。"

关立森问道："你觉得对我的问题会有帮助吗？"

安以睿说："我说的是一种可能性，你不用灰心，只是可能性。我们必须要考虑你的大脑是不是有一些生理上的缺陷，导致你在控制焦虑方面具有天然的劣势。"

关立森看着安以睿，思考了一下说："如果是那样的话，会有办法治疗吗？"

安以睿说："很难，我们对于大脑的研究确实很深入了，但是也只是帮助我们实施一些外科手术，切掉一些有疾病的部分，但是要重建一些部分，是很难的，3D打印倒是做了一些研究，但是打印出来的部分不能很好地发挥功能，主要是新的大脑部分和原有部分的连接不是很好。"

关立森摇摇头说："如果是生理问题，我只能认命了。"

安以睿鼓励他："但是3D打印修复大脑的技术日新月异，谁知道呢，也许很快就能打印出功能良好的大脑部分。"

关立森敷衍着说："希望吧。"

安以睿又说："关教授，我们可以考虑再确认一下你的大脑在生理上是否有问题。"

"安医生的建议是？"

安以睿不动神色地说："我可以向人类智力研究院推荐一下，你到他们那里做一下确诊。"

关立森想了想说："可以，无论是否能治疗，我还是想知道真实的情况。"

安以睿听到关立森同意之后，突然觉得关立森就像变成了一个透明的人一样，透过他的皮肤，能看到他白白的大脑、鲜红的血管和五彩的内脏。安以睿感觉心跳不由地加快，他极力压抑住内心的激动，平静地对关立森说："约好智研院后，我会通知你。"

关立森依约定到了智研院，马玉菡接待了他。马玉菡看了他的电子身份证，然后对他说："需要在一个月内扫描四次，每次四小时，扫描时我会给你催眠。扫描完毕后我会给你一个处方，是抗辐射药物，你需要按照说明书按时服用。"关立森点头。

马玉菡又说："本治疗是临床试验，你需要签署知情同意书。"说着递给他一个知情同意书，关立森按照要求签署了。

马玉菡给了关立森一颗药物，对他说："催眠药物。"关立森接过来，一口吃下去，然后躺在检验台上，不一会儿就睡着了。

马玉菡开动了扫描仪，数据不断地冒出来……

第一次扫描完毕后，关立森离开了研究院。马玉菡把这些数据输入了数学分析模型，一堆不规则的数据经过运算，变成了一个一个记忆画面，当马玉菡看到这些画面时，她惊呆了。她用颤抖的手拿起手机，打给了于世非："你在哪里？"

于世非听到马玉菡的声音在发抖，一下子紧张起来，说："出什么事了？"

马玉菡说："关立森就是'食人魔'。"

于世非非常震惊，不过他还是不敢完全相信，又问："你是说……新闻上说的那个'孩儿面食人魔'？确定吗？"

马玉菡没有说话，已经在电话那头哭了。她平抑了一下情绪，继续说："你来看看吧。"

于世非赶紧说："玉菡，你别害怕，我马上过去。"

于世非赶过来的时候，马玉菡坐在办公室里，呆若木鸡。于世非走过去，抱住了她。马玉菡按了一下显示器的按钮，对面的投影仪上播出了解码后的画面。于世非看了一会儿，尽管他已有心理准备，但还是非常震惊。马玉菡起身快步走到墙角，朝着垃圾桶呕吐起来。

从画面看，这些记忆肯定是关立森的亲身经历，不是他的阅读体验，也不是幻想。

于世非很快通知了王洛基和安以睿，他们立即都到了会议室，开始讨论这一非同寻常的情况。

马玉菡情绪久久不能平静，她仍然在发抖，感觉手脚冰凉发麻，她呆呆地坐在会议室里，于世非坐在她的旁边，用手揽着她的后背。于世非打开了会议室的投影屏，给王洛基和安以睿播放了扫描到的画面。王洛基和安以睿都沉默了，不知道说什么好。

过了好一会儿，安以睿才说："继续扫描吧，扫描四次，把信息彻底扫描出来。"

马玉菡说："我们不是应该报警吗？"

于世非拍拍马玉菡的肩膀，说："玉菡，你先冷静一下，我们没有理由报警。"

马玉菡非常激动地说："好，你们不报警，我去报。所有责任我来负。"

于世非按了按她的肩膀，平静地说："玉菡，不要冲动，我们会想出办法的。"

王洛基对于世非说："这几天你跟玉菡都休息一下吧，你陪着她出去转转。"

于世非点头。

周五，关立森照例来到湖畔心理诊所。还是那身黑色的西装，皮鞋锃亮。安以睿尽力隐藏着心中的恐惧，礼貌地请这个恶魔坐下来。

关立森双肘支在桌子上，双手交叉放在下巴下，盯着安以睿说："我去智研院了。"

安以睿说："他们告诉我了。"

"有初步的结果了？"

"没有，还需要扫描三次。"

"他们也是这么说的。"

"这周感觉怎么样？"

"还是那样……你今天忘了给我倒茶了。"

安以睿才反应过来，赶紧说："对不起，忘记了。"然后他遥控了服务机器人，给关立森倒茶，关立森盯着安以睿看了看说："安医生，你累了？"

安以睿有点意外，"嗯？"了一声，然后又赶紧说："是的，有一点，对不起，这样不职业。"

关立森说："不用在意，你很忙，我理解。"

安以睿平复了一下心情，问道："我最近想了想，我们聊了很多你焦虑的根源，一直没有找到，我们在两年前把你的焦虑敏感源这件事放下了，但是我在考虑这样是不是不妥。"

安以睿在给关立森做咨询的时候都是采用这种互动的口吻，因为关立森自认为很懂心理学，所以，必须照顾到他的感受。

关立森盯着安以睿的眼睛，说："安医生的建议是？"

安以睿说："也许我们不应该放弃寻找敏感源，我们可以再考虑一下有没有可能找到你焦虑的根源，而不是把根源作为一个暗箱，直接着手去解决焦虑这个情绪本身，因为毕竟引起焦虑的事件也是非常关键的。"

关立森摇摇头，说："徒劳无功，不用寻找，找不到的，我们已经用了两年去寻找敏感源了，在这件事情上浪费太多时间了。"

安以睿不敢继续试探，但是他又实在忍不住说了一句："尽管我们寻找了两年，但是是不是无意中忽略了一些东西？"

关立森稍有警觉，不过很快就平静下来，说："我可以想一想，但是在这个问题上我不抱什么希望。"

安以睿不再追问，他在心里盘算着用什么办法能让他坦白出来，这样才好去报警。尽管心理医生有义务为客户保守秘密，但是涉及刑事责任的暴力犯罪不受此限，所以，报警这件事对于安以睿来说不涉及职业道德，也就没有心理压力。

又聊了一会儿，时间到了。关立森照例喝干了茶水，然后站起来，礼貌地道别，走出了诊所。安以睿从来没有如此揪心地看着一个患者走出诊所，他很想把他控制住，但是又没有理由，把他放出去，又担心会有孩子受害。

他心事重重地回到家，已经是晚上8点了。8岁的女儿毛毛在做作业，保姆已经给他做好了饭。他径直走回自己的书房，偌大的书房里空荡荡的，他咯噔咯噔的皮鞋声在房间回响。保姆把饭端过来，他示意放在茶几上，又躺在书桌前的躺椅上，懒得一动不动。

女儿毛毛突然敲开了门，看到他在黑暗中坐着，就打开了灯。

安以睿抬起身子，睁开眼，看着毛毛。毛毛问他："爸爸，你怎么不吃饭？"

安以睿伸开胳膊，毛毛走到他的怀中，他轻轻地揽着她，说："我等会儿吃，你写完作业了？"

"写完了。对了，爸爸，陈阿姨刚来过，送给我一个这个。"说着她拿出了一个小荷包，是用各色毛线勾出来的，"爸爸，我可以收这个礼物吗？"

安以睿没想到女儿会这么问，心中不禁感叹毛毛也长大了，懂得了一些事情。他看看小荷包，又看了看毛毛，说："你喜欢吗？喜欢就收下吧。"

毛毛笑了笑说："爸爸，不是我喜不喜欢，是你喜不喜欢。"

安以睿不禁轻轻地笑了笑，说："我不知道。"

第七章　恶魔落网

关立森依预约时间再次来到人类智力研究院，这次他来早了一点，还有十分钟才到他的检查时间，在走廊里随便走走看看，消磨时间。走廊里有人类智力研究院的一些宣传海报，他看到院长王洛基的一些学术成就，并盯着一张王洛基和熊归林的照片看了很久。熊归林是大人物，大名鼎鼎的归林集团的实际控制人……

突然，一位男士在走廊的尽头呼喊他的名字："关立森先生吗？"

关立森转过头，看到这位男士，他正站在扫描室的门口。关立森答应道："是我。"

这位男士向他招手说："您的检测时间到了。"

关立森走过去，到了跟前，他看清了这位男士的面貌，有点惊讶，不禁问道："您是王院长？"

王洛基说："是我，今天小马请假了，其他人都操作不了这个仪器。"

关立森说："王院长好，劳您大驾。"

"关先生客气了，这是我们应该做的。"然后王洛基熟练地请他吃催眠药，躺下睡着，然后检测。

检测完毕后，关立森被唤醒，然后离去。

王洛基把监测数据输入数学模型，照例是一幅一幅恐怖的画面冒出来……王洛基认真地看着这些画面，突然，一连串的画面引起他的注意，并且立即让他紧张起来，他感觉到心跳加快、浑身汗毛倒竖、双手甚至在颤抖。他冷静了一下，又仔细看了一下这些画面，然后他赶紧抓起电话，分别打给了于世非和安以睿，请他们立即到研究院，有急事协商。

于世非和安以睿很快赶到了，他们聚集在会议室里。王洛基用一种急迫的口吻说："我们需要赶紧想个办法，他在策划一起新的谋杀和食人案。"

于世非和安以睿大惊失色，在惊魂未定的时候，王洛基已经打开了投影屏，播放了他检测到的画面：数学模型推断出这些画面不是记忆，是一些臆想，也就是他的一种策划。

于世非看完画面，说："我们需要确定一下他策划的目标是谁。"

王洛基说："这个不难，有一部分记忆是以文字存储的，诸如这个目标的住址、名字和上下学路线。我们只需要再运行一下数学分析模型就可以。"

安以睿说："我们要说服他不要去干？这个不可能。"

王洛基说："采用什么手段我们再商量，但是这件事我们不能不管，毕竟是在挽救生命，而且是一个孩子。"

于世非和安以睿都点点头表示同意。于世非又问："不惜暴露我们的研究？"

王洛基看了看于世非，沉吟一下，然后说："我想是的，我们做了一些不合法的事情，不过我从没有感觉到良心不安，但是如果我们不去做这件事，我会感觉到良心不安。"

于世非说："我想可以让玉菡加入一起做，这样可能会缓解一下她的心理压力，在这件事情上，毕竟我们的工作还是发挥了积极的作用。"

王洛基说："我同意，你根据玉菡的情况让她参与就行。"

王洛基又运行了数学模型，搜到了精确的信息：在海东小学上学，家住和兴小区，放学后有时候会自己回家，回家路上大部分是闹市区，只有一小段路要经过一个工地，人少一点。王洛基又对比了其他记忆画面，这个工地反复出现，这就说明关立森已经选定了作案地点，就是这个工地。

在关立森的记忆中，这个孩子的名字叫红衣小战士，王洛基知道这个肯定是关立森自己取的名字，不是真名。他比对了前几个受害者，关立森都给她们取了不同的名字，绿衣小战士、黄衣小战士、粉衣小战士……

现在，他的策划信息已经拼凑起来了，下一步怎么办呢？几个人商量了一下，也没有什么好的办法，最后，于世非提出了一个方案：既然没有好的办法，那就采用最笨的办法，每天放学时分到这个工地"护送"这个孩子吧。其他人也没有什么办法，只能采取这个方案了。几个人中，马玉菡是女士，当然不适合做这个事情，王洛基和安以睿两个人关立森都认识，而且年纪不小了，王洛基30多岁，安以睿40多岁，也不适合，只有于世非38岁，与关立森年龄相当，正好关立森也不认识于世非。而且于世非人高马大，对付关立森还是绰绰有余的，根据以前的作案方式表明，关立森不会直接采取暴力方式，而是把小女孩哄骗到一个地方后突然袭击致死，然后再食用脸皮，由此得名"孩儿面食人魔"。所以，只要于世非暗中"护送"，关立森应该不会得逞。

　　因为关立森并未确定在什么时候下手，所以，他们也不知道什么时候去"护送"合适，索性就从今天开始，每天都暗中"护送"。

　　放学时分，于世非来到这片工地，站在那里。不一会儿，一个小女孩走到岔路后，她与同伴挥手告别后，走进了这条小路，于世非一眼认出了她，于世非不动神色地站在小路旁，看着她走过去，然后在后面跟着她，走到小路尽头，于世非停住脚步，目送她穿过一条马路，走到了小区门口。

　　又是周五，关立森穿戴整齐地出现在湖畔心理诊所。知道的信息越多，安以睿的心里越不安，他竭力地平抑自己的情绪，礼貌地请关立森坐下，遥控机器人倒茶。

关立森双肘放在桌子上，两手交叉托住下巴，然后冷不丁地说："我看到了上帝。"

安以睿非常意外，问道："什么？你加入了基督教？"

关立森摇摇头说："不是，这是一个比喻。如果焦虑是撒旦，那么我这周看到了上帝，他就站在那里，战胜了撒旦。"

安以睿心中犹疑不定：他是在说于世非吗？他想了想，小心翼翼地问："你看到的上帝是什么样的？"

关立森目光呆滞地看着天花板，然后说："他很高。"

安以睿无法细问，只好说："如果这种想法能让你战胜焦虑，我想也是很不错的。"

关立森沉思良久，问："您与智研院的人很熟悉吗？"

安以睿不知道他怎么突然问这个，回答道："还行吧，我们经常在一起开研讨会。"

关立森说："他们可能很不简单。"

安以睿想知道关立森是不是猜到了纳米级CT扫描的玄机，他试探道："为什么这么说？"

关立森说："我说不清，只是一种感觉。"

安以睿转移了话题，说："他们还没有给我结果，还需要再扫描两次。"

关立森口气坚决地说："我决定不再做扫描了，请安医生取消这个处方吧。"

安以睿有点吃惊，看起来关立森有一点怀疑了，不过他也不好说什么，只好职业化地说："关教授，您要认真考虑，如果已经决定，您需要签署一份知情同意书。"

关立森说："我想好了。"

安以睿还是想继续试探一下，又问："能说说您的理由吗？"

关立森紧紧地握了一下交叉着的双手手指，说："以后再给您理由吧，我还需要想一想整件事情。"

安以睿不敢再问。

于世非每天还在"护送"那个小女孩走过那条工地的小巷，马玉菡非常担心于世非的安危，但是她知道于世非必须去做这件事，所以，她再次把怒火对准了这个职业，她想离开这里，而且要带着于世非一起离开。

因为上次被关立森的行为吓到，马玉菡还在休假中，于世非每天都会陪着她散步。这一天，他们并排走在公园的草坪上，虽然看着草长莺飞的景色，马玉菡却开心不起来。她盯着蓝天下的草坪，怔怔地发了一会儿呆，突然对于世非说："世非，你觉得回到医院做脑外科医生怎么样？"

于世非顺着马玉菡的目光，也盯着前方，沉默不语，不过他的胳膊揽住了马玉菡。

马玉菡没有等到答案，其实她很想要一个回答，哪怕是拒绝，但是于世非一直沉默。她心中猛然间升腾起一阵怒火，推开了于世非的胳膊，大步向公园门口走去，于世非在后面追上，说："玉菡，你别着急，我想想再说。"

马玉菡并不听他说，仍然大步向前走。于世非紧追几步，同时看了看手表，跟马玉菡说："玉菡，你不要任性，我马上还得去护送小女孩，没有空解释了。"

马玉菡停住了脚步，看着他，狠狠地说："你先去，你最好想想我的问题，我等着你的答案。"

于世非无奈，目送着她离去，自己驱车向工地驶去。路上，他接到了刘丹丹的电话："我晚上11点飞机落地，你来接我，我给你药。"于世非答应。

到了工地，等在小路上，照例看着小女孩走过小路，走回小区，然后他驱车离开。距离晚上11点还有几个小时，他找了一个咖啡馆，坐下来，静静地思考马玉菡的问题。与其说在思考马玉菡的问题，不如说在思考怎么拒绝她才好，因为他不想离开人类智力研究院，他对于人类记忆的研究已经入迷，不想轻易放弃。

不知不觉已经到了接机时间，他赶紧驱车到机场。晚上11点30分左右，刘丹丹一身运动装，拉着行李箱，从出口走出来，于世非走上前，正要接过行李箱，不料刘丹丹扑上来，抱了抱他。于世非有点惊讶，不过他立即对自己说，这不过就是一个礼貌的"接机拥抱"而已。

上了车，于世非设定了终点，就开启了自动驾驶，他和刘丹丹聊起了天。杂七杂八地聊了一会儿之后，陷入了短暂的沉默，然后于世非突然问道："丹丹，你觉得我的工作好吗？"

　　刘丹丹笑着说："你是在向我炫耀吗？你们精英阶层，从事的都是高级工作，不像我们，只能跑跑腿。"

　　于世非连连否定："不不，我是说，比如我的工作侵犯遗体，侵犯别人的隐私，都是灰色地带的工作，你怎么看这些？"

　　刘丹丹又笑了，说："你们坐在宽敞的办公室里，从事着高端的工作，过着中产阶级的生活，然后就开始给我们诉苦，说工作不好啊，压力大啊，呵呵。"

　　于世非也笑了，没有再说话。很快就到了刘丹丹家门口了，于世非转头对刘丹丹说："到了。"

　　刘丹丹看着于世非，似乎在等待着什么，于世非情不自禁，侧过脸去吻了一下刘丹丹的脸，然后又盯着刘丹丹，似乎在询问她有没有责怪。刘丹丹对于世非笑了笑，没有说什么，推门下车了。

　　却说白先勇这天突然收到一封匿名邮件，他读罢，陷入震惊。他急忙抓起电话，打给了张智汇："智汇，请速到我办公室，我有一条重要线索，关于8号案件的。"张智汇闻言，不敢耽误，没过几分钟就到了白先勇办公室。

　　张智汇一进门，看到白先勇在椅子上发呆，似乎在思索着什么，他进来也没有打招呼，他知道白先勇一定获知了重要的事情，于是赶紧反锁上门，问道："白哥，什么情况？"

白先勇没有说话，只是让他自己看电脑屏幕，张智汇看了这封匿名邮件，内容如下：

我是"孩儿面食人魔"，我会在明天下午五点多，在天衡路路基旁边小花园捕获红衣小战士。

你们快来抓住我吧，我们一起结束这个游戏，我受够了。

张智汇看完，疑惑地看着白先勇，说："你确定是他本人？"

白先勇说："我们没有向公众公布小粘贴的情况，知道这个关键信息的人员非常少，可能只限于办案组，这封邮件提到了'红衣小战士'这个字眼，这是不同寻常的，即使不是他本人，也是非常关键的人员。我觉得十有八九是他本人。"

原来，所有的受害者手背上都贴有一个小粘贴，是取材于动画片《超人小战队》的主题小粘贴，在这个动画片中，讲述了七个小超人，有红衣小战士、绿衣小战士、粉衣小战士……主要讲述这些小超人用各种各样的智慧方法对付一些危险和坏人。孩子们很喜欢这几个小超人，到处都在卖小超人主题的各种玩具、小粘贴等。"孩儿面食人魔"给每个受害者手背上贴上这个小粘贴，是一种挑衅的意味。这个信息只有警方掌握，没有对公众公布。

张智汇又看了一遍这封邮件，然后他查询了发送方的地址，是一个境外的地址，也就是说很有可能是发送方用虚拟地址发送的，很难追查到。

　　白先勇说："我们还是重点布置明天的抓捕行动吧。"

　　张智汇点点头。

　　警方提前在暗处布置了很多的警力，一切布置就绪，只待恶魔出现，白先勇也埋伏在附近的一所房子里，用望远镜盯着附近的一切。下午五点多，太阳已经西斜，但是现在是夏天，距离天黑还有很长时间。一个小女孩突然从路上走过来，她穿着学校统一的服装，是一条蓝色的小裙子，梳着两个小辫，背着大大的书包，手中提着一个画板，她走下路基，快步走进花坛，然后坐在一个长椅旁边，支开画板，开始写生。看起来，她经常在这里写生。所有周围的警察全都收到了口令：注意。

　　不一会儿，一辆车开过来，缓缓停在路边，一个人走下车，在车的四周看了看，似乎是车出了问题。然后他打了一个电话，大概是在叫修车行来救援。

　　然后他走下路基，来到小女孩跟前，小女孩抬头看看他，他们攀谈了几句，说话期间，他还指了指自己的车。然后小女孩继续画画，他则站在后面静静地看着，突然，他双手似乎要伸出来，伸向小女孩的头部。此时，突然，警报响起，从四面冒出来荷枪实弹的警察，小女孩吓了一跳，而那个人也下意识地举起了手。

　　没有费什么劲，警察控制了他。一个女警察过去抱住了小女孩，不停地在安慰她。

把关立森带回到警察局后，白先勇把他带到了审讯室。两人坐定后，白先勇盯着关立森，他发现关立森脸上有一种疑惑不解的神情，警察的职业敏感告诉他，这种表情不像是一个自首的人应该有的表情。但是，关立森在被捕的过程中并无反抗和质疑，警察的职业敏感又告诉他，抓对人了。这是怎么回事？

　　他正在猜疑的时候，关立森说话了："你们怎么得到消息的？"

　　白先勇说："有人给我们发了邮件，告诉了你的计划。"白先勇没有说"你不是给我发了邮件吗？"这样的问话，是因为刚才关立森的表情让白先勇拿不准了，到底是不是关立森发的自首邮件呢？

　　关立森不敢相信，他陷入了思索，认真地回忆了最近接触的人，说过的话，还是毫无头绪，不可能啊，到底怎么回事？难道是人类智力研究院解密了我的想法？也不可能啊，红衣小战士的计划策划的时候，并没有到智研院进行扫描啊，早已经终止了呀，真是怪。他想得出了神，竟然忘记了跟白先勇说话，直到白先勇严厉地说了一句："自己交代吧。"他才转回思绪。

第八章　疑窦重重

"孩儿面食人魔"落网的消息很快就上了各大媒体的头条。在几乎是全民庆祝的同时，王洛基、安以睿、于世非等人却陷入了疑惑：报道说有人提前给了警方一封邮件，根据邮件的情报，警方轻而易举地抓到了关立森。那么，是谁发的邮件呢？是关立森自己发的吗？但是根据警方的表述，应该已经排除了关立森自己发邮件这个选项了，又是谁能够钻到关立森的大脑里，看到他的想法呢？很显然也不是智研院的人，因为关立森的这个最新的策划根本就没有被智研院扫描到。不过对于马玉菡来说，关立森落网终于让她平静下来一些，对于世非的责怪也慢慢地淡了。

安以睿照常准点上班，他坐在办公室里，先遥控服务机器人倒了一杯咖啡，然后坐着慢慢品尝。今天的日程他已熟记在心，因为今天上午有一个重要的客人要到访。

10点钟，访客准时到达，安以睿起身迎接她，并请她就座。访客名叫王琪琪，30岁，身材修长，打扮时髦。她患有抑郁症，接受治疗长达半年了，但是效果并不好，安以睿感觉很挫败，不过他却对王琪琪产生了一些微妙的感情，尽管他知道这不职业，但是感情不是理性，这不是他本意，在他找到这个借口后，他也就对于自己的这份不职业的感情选择宽容了。按照职业化的做法，在他感觉到自己产生了感情，应该建议患者另找其他医生，不过安以睿又找了一个借口，他认为可以驾驭自己的感情，所以，他犹豫再三，还是没有建议王琪琪去找别的医生。而且，他还有一个更好的理由，他认为适度的感情可能会唤起更多的共情，会促进医患双方的沟通。问题是，什么是适度？安以睿却没有一把合适的尺子去丈量。

　　"安医生，这是我上周写的一些东西，你看看。"说着，王琪琪递给安以睿一张纸，上面写满了字，都是手写的。安以睿看了一遍，大概意思不过是伤花悯月一类的，不过安以睿还是抓住了一个细节：蜜蜂落在花朵上这个画面，在大多数人看来都是美好的，但是王琪琪却写道：蜜蜂的刺似隐似现，似乎在威胁着花朵交出花蜜，它贪婪的吸管深入花蕊，吸食着花朵的精酿。

　　安以睿拿着王琪琪手写的纸张，竟有一股暖意，他竭力驱逐着这些感觉，找寻着心理医生的职业感："你还是构建了一个悲观的世界。"他尽量说得柔和一点，不想给王琪琪过多的压迫。

　　王琪琪说："您是指蜜蜂那一段吗？"

　　安以睿说："是的，其实你只要意识到你在潜意识里构建着一个消极的世界，这就是治疗的第一步。我们在这个问题上已经讨论过了，而且也达成了共识。"这不过是心理医生职业化的说法，通俗点说就是，"我已经反复跟你强调过了，意识到你在构架消极世界是治疗的关键，你应该早就明白这个道理了。"

王琪琪说："我意识到了，但是我没有办法构建一个更快乐的世界，我觉得那个世界离我很远，在那个世界里，我觉得太轻浮了，有罪恶感。"

安以睿心中不禁有点伤感，他知道这种伤感已经超出了"共情"的限度，并且似乎感觉到一点危险，他努力压抑着这种感觉，平静地说："罪恶感是一个可以用理性控制的感觉，我觉得我们更应该关注你构建世界观的方式，这是理性很难控制的。"

王琪琪沉默不语。安以睿突然感觉好无力，他使用了不同的咨询方法，仍然不见效果，而更致命的是，他爱上了患者，他不知道该怎么办。此时，突然一个念头闯进来：是不是可以和智研院一起合作治疗王琪琪？但是他很快又否决了这个念头，王琪琪不是合格的研究对象，一是她的病情并非罕见，二是牵扯私情。不过，突然又冒出来一个理由：我本来有更好的方法去帮助她，为什么却不使用呢？

安以睿不由地脱口而出："王琪琪，我觉得可以观察一下你的大脑生理，我推荐你去人类智力研究院做一下纳米级CT扫描，我们生理诊断和心理治疗一起进行，你看如何？"他说出口后，反而平静了，心里不再斗争。

王琪琪不解，安以睿给他解释了脑生理的一些知识，王琪琪答应了。

但是王琪琪的预约单子拿到马玉菡那里的时候，马玉菡却提出了疑问：为什么要扫描一个普通的抑郁症患者的大脑，她的病情并不复杂，安以睿的处方也没有给出什么好的理由。

马玉菡一定要安以睿做出解释，而安以睿却说处方是他的自由，患者的具体情况是隐私，马玉菡无权知道。两人顶牛后，于世非只好去劝马玉菡，马玉菡并不买账，这让于世非不胜其烦。但是，根据他们之间的规定，人类智力研究院无权否定安以睿的处方，而马玉菡又不执行，于世非只好自己上阵了。

当王琪琪依约定到达研究院后，于世非看了看她，精致的五官、苗条的身材、时髦的打扮，于世非的眼睛移不开了。王琪琪按照于世非的要求签字、服药，接受扫描。扫描结束后，王琪琪领了抗辐射的药物，然后离开。

于世非处理了扫描的数据，从她的大脑中挖掘出一个重要的信息：王琪琪喜欢上了安以睿，并且也知道安以睿喜欢她。此时，于世非意识到马玉菡的感觉是对的，安以睿让王琪琪来做扫描确实有个人的动机在。

于世非反复想了这件事，该不该告诉安以睿？这样做道德吗？不过，他最终还是决定告诉安以睿，因为他另有打算：安以睿加入后，成了整个团队的核心人物，自己反而被边缘化了，如果自己能拿到一个安以睿的隐私，算是一个筹码，说不定以后能用到。

于世非把这个情况告诉安以睿后，安以睿平静地说："我就是觉得我们医患关系有点错位，我会把她推荐给别的心理医生的，你放心，我会按照专业和职业的方式去处理。"

于世非附和他说："我当然相信你。"

在安以睿还没有理清如何处理与王琪琪的感情的时候，就得到了一个邀请，市里的监狱邀请他过去一趟，说他曾经治疗的一个患者需要做心理咨询，费用由监狱出。

按照约定时间，安以睿到达监狱，一个警官引导他到了接待室，跟他说："安医生，您知道患者的情况吧？"

安以睿说："我不知道，没有人告诉我。"

这个警官说："就是'孩儿面食人魔'，关立森。"

安以睿才明白过来，说："关立森确实是我的患者，那你们应该早告诉我，我好准备一下。"

警官说："不瞒您说，我们担心早告诉您，您可能不来。"

安以睿说："不会的，虽然关立森是罪犯，但是也是我的患者，给他做心理咨询是我的工作。"

警官说："那就好。"

不一会儿，关立森走进了接待室，戴着手铐脚镣，所有的警察都退出了接待室，只剩下安以睿和关立森。

安以睿打量了一下关立森，瘦了一些，但是精神尚好。安以睿首先问道："焦虑症有缓解吗？"

关立森笑了笑说："完全没有了。"

"那你还需要心理咨询吗？"

"我请你来，是想告诉你一件事。"

安以睿有点意外，问道："什么事？"

"我有一些怀疑，关于人类智力研究院和人类行为预测学会。"

"什么怀疑？"

"我在智研院做了扫描后，智研院的于世非就知道了我的策划，所以，我终止了智研院的治疗……"

安以睿不由地插话："你认识于世非？"

"我在智研院的走廊看到了一些照片，其中有于世非的照片和介绍。所以，我在那个工地上，能认出来是他。"

安以睿示意他继续说。

关立森接着说："我们学院组织了一次行测会的测试，然后就有人给警方发了邮件，抓到了我。"

安以睿假装平静地问："你怀疑什么？"

关立森若有所思地说："我在怀疑，有一些研究机构可以破解我们的思想。"

安以睿故意装作不以为然，说："不可能，技术上根本不可能实现。"

"我不这么认为，我研究过王洛基的学术成就，他在十几年前发表过一篇数学论文，后来就没有再公开发表任何论文，但是我仔细思考了他十几年前的那篇文章，沿着他的研究思路继续下去，就可以处理极大量的数据，使得人类大脑的数据分析变成现实。"

安以睿越听越紧张，他感觉到离露馅只差一步之遥了，幸亏关立森还没有意识到自己和他们是一伙儿的。他继续试探道："所以，你在怀疑智研院的CT扫描？"

"还有行测会的穿戴式设备。"

"什么穿戴式设备？"

"我曾经做过行测会的一个测试，这个测试号称通过大量的测试题，可以分析一个人的决策方式，并对他未来的行为做出预测。我不认为那些题有什么心理学的上的意义，但是按照要求，在长达8个小时的做题过程中，需要穿戴一个设备，我怀疑这个设备有问题，它跟CT扫描仪一样，可以扫描我们的大脑。"

安以睿想岔开话题："我是心理医生，我关心的是你的心理问题。"

关立森露出神秘的微笑，说："我知道你会调查这件事的。"

安以睿没有说话，他知道关立森在挑衅他。

关立森继续说："一个心理医生，怎么可能抵挡能够完全看到别人想法这种诱惑呢？"

安以睿默默地看着他，努力避免被他的语言牵引，一直保持不置可否。

关立森又说："我在智研院的宣传海报上看到了王洛基和熊归

林的合影，而熊归林是行测会的最大资助人。"

安以睿还是第一次想到这个问题，他略略有点惊讶，很快又努力保持平静，目光游移了一下，然后又盯着关立森。关立森淡定地看着安以睿，似乎已经掌握了整个谈话的局面，他满有信心地说："你来调查，你每周来给我做一次心理咨询，我们分享调查结果。或者我也可以把所有的信息告诉警察，让他们调查。你选择吧。"

安以睿还没有想好怎么答复，他想拖一下，于是不动神色地说："我考虑一下。"

关立森突然表现得很愤怒，语气强硬地说："别跟我耍花招了，我知道你也是知情人，我刚才没有点破，是给你面子。你现在就选择，没有考虑时间。"

安以睿毕竟是心理医生，他还是努力地掌控谈话的局面，他盯着关立森的眼睛，似乎在与关立森较劲，试图打消他的愤怒和骄傲。盯了一会儿，安以睿平静而坚定地说："我下周来再给你答复。"

关立森被安以睿的强势激怒，戴着手铐的手重重地敲击桌面。门外的警察听到声音，开门走了进来，问道："有问题吗？"

关立森没有说话，死死地盯着安以睿，安以睿与他对视着，眼神没有退缩，同时说："没事，本次治疗结束了，我下周同一时间再来。"

说完，安以睿轻蔑地扫了关立森一眼，起身离开了。

走出监狱，安以睿反复思考关立森说的话：难道行测会也在扫描并分析人的记忆？是他们自己的研究成果还是盗用了智力研究院的成果？盗用？也不一定是盗用，王洛基和熊归林是好友，是不是王洛基已经把研究成果交给熊归林使用了？他隐隐感觉到，背后的问题不简单。

安以睿想着怎么才能着手调查呢？直接问王洛基是不是在与行测会合作？他如果承认，那就好，我可以得到一个答案；他如果否认呢？如果真的没有合作，那他势必会和我一起合作开展调查。但是，如果实际上有合作，他只是不愿意承认呢？那至少他表面上也应该和我一起开展调查，可是这样的话，调查权就被王洛基拿走了，我是不是能拿到真实的结论呢？

思来想去，他决定先不向王洛基求证，先跟于世非聊聊看。

在去找于世非之前，安以睿查询了很多关于行测会的资料，作为心理医生，他对这个学会不陌生，有很多重量级的心理学家在学会中任职，会长是大名鼎鼎的心理学家杨虎山，他在人类行为预测领域多有建树。杨虎山研究的核心思想是，从一个人过去的决策中，可以提取一些关键因素，比如亲情的期望、友情的榜样、爱情的激励或者成就感需求等，这些关键因素是这个人做出一些决策的重要影响因子，只要筛选出这些因子，并且找到这些因子的权重，就可以模拟出他做决策的模式，以此来预测他未来的决策，这样他未来的行为就可以被预测到。他的理论建立在复杂的数学模型上，这个模型经过了大量的实践训练，越来越精确。现在行测会被政府及民间很多机构聘为顾问，在监狱的假释评估、雇员的岗位胜任度评估、高校学生择业方向评估等方面被广泛应用。

安以睿又查询了熊归林的资助信息，熊归林只在两年前，也就是2046年，资助过行测会一笔钱，但是金额巨大，是这个学会迄今为止收到的最大的一笔资助……

安以睿把他与关立森的聊天，以及自己查到的信息告诉了于世非后，于世非非常惊讶，那种惊讶并非假扮，这是安以睿可以感觉到的，所以，安以睿相信于世非对这些事毫不知情。那么，摆在安以睿和于世非面前的一个问题是：王洛基知情吗？或者说，王洛基是不是跟行测会沆瀣一气，早就悄悄地开展合作了？

安以睿试探地问于世非："世非，你觉得老王信任你吗？"

于世非想了想，没有作答。他本来觉得老王是信任他的，院里的常务工作都交给他处理，但是前几天王洛基怀疑他与刘铭合作骗钱的事又让他对王洛基的信任打起了问号。

安以睿见状，内心已明白，于世非和王洛基并非铁板一块，可以和于世非结盟，一起调查此事了。

于世非怔怔地想了一会儿说："我们慢慢调查一下吧，不能告诉玉菡。"

安以睿点点头。

第九章　解开心魔

王洛基正在办公室看书，突然，他的办公电话响了，他看了一眼，竟然是熊归林的来电。王洛基赶紧接起来，是一个女士的声音："是王院长吗？"

王洛基回答道："是我。"

对方说："请稍等，熊总要跟您通话。"

王洛基在电话上等着，同时心中盘算，熊归林要说什么事呢？熊归林这样的大人物，没事是不会随便打电话的。

大概十几秒后，电话里传来了熊归林的声音："王院长。"

王洛基回答："熊总好。"

熊归林没有客套，直接问道："你的团队最近是不是有新人加入？"

王洛基说："是的，叫安以睿，是一个心理医生。"

熊归林在电话里突然很激动地说："王院长，我记得跟你说过，你的团队成员变动需要告知我的。"

王洛基解释："熊总，我给您发过邮件，汇报过安以睿的情况，他是……"

熊归林没等他说完，打断了话："邮件汇报？这么重要的事情，你需要当面告诉我，我哪有空看邮件！"

王洛基无奈，不过他也不敢说什么，毕竟拿人手短，吃人嘴软，研究院的经费有一大部分是熊归林赞助的，只好忍气吞声了。不过他还是试探性地问道："熊总，是不是您对安以睿有意见？"

熊归林停顿了一下，说："他是'食人魔'的心理医生，你知道吗？"

王洛基说："我知道。"

熊归林气呼呼地说："你知道？！你知道为什么不早向我汇报？现在各种新闻、消息传得沸沸扬扬，安以睿成名人了，你觉得你的团队里有个名人是好事吗？"

王洛基只好说："这也是没有办法控制的事情，我们现在没法让安以睿退出，他知道我们全部的事情了。"

熊归林说："据我了解，他现在还在给关立森治疗。"

王洛基："这是司法机关安排的。"

熊归林说："他不要自作聪明。"

王洛基不知道熊归林为什么冒出这么一句没头没脑的话："熊总，我不明白……"

熊归林打断了他的话："我来处理吧，你负责把他的举动随时向我汇报。"

王洛基虽然口头答应下来，但是一头雾水，不知道怎么回事。他思前想后没有头绪，只好静观其变了。

安以睿坐在诊所里，心中有点忐忑，因为王琪琪很快就到了。今天，他有一种向王琪琪袒露心迹的冲动，他在反复盘算推演，生怕搞砸。

王琪琪准时到了，她一袭黑裙，脚蹬高跟鞋，化着淡妆。安以睿看到她走进诊室，心跳加快起来，他笑着起身迎接，但是他感觉到因为紧张，脸上的笑容都有点僵硬。王琪琪倒是很放松，她坐在患者的座位上，对安以睿笑笑，说："安医生好。"

一句"安医生"又把安以睿拉回到现实中：这是诊室，我是医生，她是患者。

安以睿心中划过一阵失落，但是他立即恢复了平静，他对王琪琪笑了笑说："感觉怎么样？"

王琪琪说："我在努力。"

安以睿听到这句话，就知道她还是很难受，不过她能够接受咨询的方法，也就是她所说的"在努力"。

现在，安以睿对王琪琪的病情有了更大的把握，因为于世非不仅告诉了他王琪琪喜欢他，而且告诉了他王琪琪心中那个隐藏在黑暗角落里的"心魔"。

安以睿想把这个"心魔"套出来，然后再一起跟她解决："琪琪，我们再聊聊你母亲的自杀吧。"

　　王琪琪有点吃惊，因为这件事在几个月前已经聊过了，尽管王琪琪觉得这件事给她造成了很大的困扰，于是她在刚接受治疗时，一遍一遍地向安以睿叙述，但是安以睿却总是觉得此事并非重点，总是让她说说别的事情。此后的很长一段时间里，王琪琪不再提起此事，安以睿也不再询问此事。当安以睿"看到"王琪琪的记忆后，才明白，他的判断是正确的，此事确实不是重点，但是此事却非常重要，因为重点在此事的背后，必须要走过这段路才能到达目的地。

　　王琪琪整理了一下情绪，说："我们聊过了，说哪一部分？"

　　安以睿说："你说过对于你母亲的自杀很愧疚。"

　　王琪琪看了看安以睿，安以睿的眼神给了她信任感，于是她说："是的，愧疚。"

　　安以睿说："你为什么觉得愧疚？"

　　王琪琪犹疑了一下，说："安医生，您不是说过吗，这就是一种普遍的情感啊，大部分人对于亲人的自杀都有愧疚感。"

　　安以睿说："也许我犯了一个错误，我对你的愧疚感的分析可能是错误的，我最近反复地想，你母亲自杀时候，你还那么小，才5岁，你无能为力，你不应该对于自己的无能为力感到这么深的愧疚，以至于让你这么多年深陷其中无法自拔。"

　　王琪琪睁大了眼睛，呆呆地看着安以睿。安以睿知道他的话产生了效果，他继续说："除非，你当时可以做什么，而没有做。"

王琪琪眼神垂下去，不再说话。安以睿没有催她，只是盯着她，同时推了一下桌子上的水杯，示意她喝水，这种温柔的举动能够给她信心和力量，让她说出心底的秘密。只有她自己说出来，安以睿才能和她一起解决，否则即使安以睿知道也只能装作不知道。

　　王琪琪欲言又止，能够感觉出来她内心的艰难挣扎，安以睿并不想给她解围，一直等着她说出来。终于，她抬起头，眼神中有一种坚定，安以睿知道她准备好了。

　　她缓缓地，一字一顿地说："我记得，有一天晚上，我突然从睡梦中醒来，看到我妈妈站在床头。"然后，她低下头，开始抽泣。安以睿拿出纸巾，递给她，她接过来，擦干了眼泪，平复了一下情绪，突然，抬起头，平静地说："她手里拿着一把刀，站在我父亲的床头。当时光线很微弱，我没有看清我母亲的脸。这时，她转过头，看到我醒了，赶紧把刀藏起来，从卧室走出去了。尽管我那时候还不太懂怎么回事，但是我记得我感觉到很奇怪，就没有敢说话，只是睁着眼睛，盯着卧室门口。一会儿，我听到抽水马桶的声音，然后我妈妈走进来，上床睡觉了。我记得她躺下的时候还摸了摸我的头。"

　　安以睿装作惊奇的样子，他听到的可是一桩谋杀未遂案。等到王琪琪不再说话，安以睿又递给她纸巾，让她擦一下脸上的泪痕。然后安以睿说："所以，你的愧疚是因为阻止了你母亲的谋杀计划？"

　　王琪琪又哭了，她哽咽着说："如果我当时没有醒来，可能死的是我父亲，我母亲就不会自杀了。"

安以睿又问了一个残酷的问题："所以，如果选择一个死，你会选择你父亲？"

安以睿本来觉得这是一个艰难的问题，但是没想到王琪琪十分干脆地说："是的。"

安以睿又追问："可是你说过你父亲对你很好啊，对你母亲也很好。"

王琪琪争辩道："可是你说的是必须选一个死……我当然希望都活着，但是必须选一个，我不会选我妈。"

安以睿紧追不舍："也就是说你会选你爸？"

王琪琪显然有点被激怒，她毫不犹豫地，带着挑衅的意味说："因为错在他，是他出轨了。"

安以睿继续紧逼："出轨并非死罪。"

王琪琪也毫不相让："但他的出轨害死了我妈。"

安以睿说："你母亲还可以选择离开，重新寻找自己的幸福，这样她可能会很痛苦，但是至少还能陪在你身旁。"

王琪琪开始哭出声来，安以睿不再说话，他刚才采取了相对激烈的咨询方式，这是一着险棋，走好了可以解决问题，走坏了可能破坏医患之间的信任关系。不过，王琪琪在他面前哭出来是信任的表现，如果不信任，是不会展示自己的软弱的。

但是王琪琪的哭又让安以睿心生怜悯，他能分辨这是"爱情"的表现，不是心理医生该有的"共情"。他为王琪琪感到悲伤，他能理解她的痛苦：她爱母亲，所以她怨恨父亲的出轨害死了母亲，但是她又必须接受父亲的抚养，她总是对母亲心存愧疚，所以，她快乐不起来，她觉得快乐是有罪的，她每当有快乐的感觉时，都同时会感到这是对母亲"受苦受难"的一种背叛和遗忘。从来没有人在她面前指责过母亲，大家都告诉她，母亲是善良的、可怜的。只有安以睿告诉她，母亲是自私的，偏执的。父亲的出轨并非死罪，她却动了杀机，她本来可以选择离婚，却毅然决然地选择自杀，丢下了才5岁的女儿。安以睿并非有意对王琪琪的母亲做出评价，因为只有身处她的位置，才能理解她的艰难，但是他想让王琪琪知道一点：母亲并非全无责任，全无过错，你没有必要为了她的自杀愧疚。

王琪琪止住了哭声，她似乎在回味安以睿的话，同时还在默默地流泪。

他们俩相对无言了大概5分钟。最后安以睿打破了沉默："琪琪，我决定终止你的治疗。"

王琪琪抬起头，安以睿看到她哭肿了的眼睛，也不由地眼眶湿润。

安以睿继续说："因为我觉得我对你共情太多，可能会影响治疗。"

王琪琪看着他，似乎在想"共情太多"到底是什么意思。安以睿看到王琪琪没有说话，只好继续说："我想以普通朋友的身份跟你交往。"

王琪琪脸上挂着泪花笑了笑，说："好啊，安医生。"

安以睿也笑了，说："叫我安以睿吧。"

王琪琪点点头，说："我下周就要硕士毕业典礼了，你可以来参加吗？"

　　安以睿高兴地说："当然可以。"

　　盛夏，阳光明媚，大学校园内花团锦簇，鸟语蝉鸣。安以睿准时来到了校园，王琪琪远远地就看到他了，从人群中跑出来，跑到他的跟前。安以睿看着王琪琪，穿着学位服，更添几分娇媚。

　　这可能是第一次，安以睿见面没有问她：感觉怎么样？两人居然不知道该从哪里聊起，只是互相看着笑笑。最后，还是王琪琪打破了沉默，说："我这几天感觉好多了。"

　　安以睿由衷地高兴起来，不由地开玩笑："看来只要我终止治疗，你就会好起来。"

　　王琪琪朗声大笑起来，说："所以，你要好好反省一下。"

　　先是拍照。一群女生过来调侃王琪琪，说："这是你男朋友啊，这么帅。"王琪琪笑着说："男性朋友。"也有男生嘀咕："美女还是爱大叔啊。"

　　安以睿不理会这些，他时刻盯着王琪琪，捕捉她的每一个表情，想知道她的笑容是真的还是假的，他还是非常关心她的心理状态。

　　学位授予仪式、校长讲话、毕业典礼……一整套无聊的活动，因为有了王琪琪，安以睿倒觉得津津有味起来……

　　所有这一切，都被王洛基安排的人看在眼里，王洛基又把这些事都报告了熊归林。

　　毕业典礼之后，安以睿请王琪琪吃了晚饭，又送她回到宿舍之后，就驱车回家了。一进门，女儿毛毛就迎上来，安以睿抱起了她，亲了亲脸蛋，问道："今天在学校开心吗？"

　　毛毛说："开心。"然后她迫不及待地说："爸爸，我给你看一样东西。"说着，从安以睿的身上跳下来，拉着他的手走到她的小卧室，卧室里没有开灯。安以睿正要开灯，毛毛喊道："别开灯。"然后她走进去，打开了放在桌上的星空灯，顿时整个卧室都变成了漂亮的夜空，深蓝色的背景上挂着星星和月亮，缓缓地旋转……

　　还没等安以睿问，毛毛就兴奋地说："陈阿姨送我的。"

　　安以睿担心的事情还是发生了，他欲言又止，最后只好说："好漂亮。"

　　安顿好女儿后，他回到自己的书房，坐在椅子上，开始纠结起来：王琪琪会接受毛毛吗？能像陈朵这样对待毛毛吗？但是如果没有爱情，只是为了毛毛就接受陈朵的求爱？况且还有王琪琪的爱情呢？

　　他回想起自己的妻子，因为产后抑郁症而自杀，他爱她，也恨她。恨她狠心抛下毛毛和自己。他非常清楚地感觉到，前几天与王琪琪关于她母亲的死亡争论中，夹带着自己对妻子的怨恨……他不知道这种怨恨是否合适，但这种怨恨可以抵御他的愧疚，所以，他带着它，像带着盾牌一样……

　　正在他胡思乱想的时候，他的电话响了，是心理医生协会的电话，已经是下班时间了，怎么协会还会打电话来？接起来后，是一位年轻男士的声音："是安医生吗？"

安以睿回答："是我。"

"您明天上午9点到协会来一趟，职业道德委员会的人会与您谈话。"

"关于什么的？"安以睿有点奇怪，怎么扯到了职业道德委员会。

对方只是淡淡地说："不知道，我只负责通知。"

第二天，安以睿准时到了协会，等候片刻后，一位女士引导安以睿走到一个会议室，会议室里没有人，女士请安以睿落座，又倒了一杯水，然后说："请您稍等。"就走出去了。

安以睿心中七上八下，不知道协会要谈什么事情。要知道，心理医生都是需要在心理医生协会注册的，协会对于心理医生有很高的管理权限，如果被协会吊销执业资格，可是很严重的事情，所以，安以睿倒不由地紧张起来。

过了一会儿，一个人走进来，安以睿起身迎接。那个人示意安以睿坐下，然后自己也坐下来，说："安医生好，我是杨虎山。"安以睿刚才就觉得面熟，好像在哪里见过，一听说杨虎山，就想起来了，经常在心理学的报刊上看到他的照片，杨虎山可是心理学界的泰斗，是人类行为预测学会的会长，同时也是心理医生协会职业道德委员会的委员。

安以睿不敢怠慢，赶紧说："杨老师好，久闻大名。"

杨虎山说："我昨晚得到通知，今天需要跟你谈话。具体情况我不是很清楚，如果有说得不妥的地方，请你谅解。"

安以睿觉得有点奇怪，既然是官方行为的谈话，为什么这么谦虚，而且还说不清楚情况，显得很不严肃。但是他也不多想了，且听听杨虎山怎么说。他也客气地回应："杨老师过谦，您多指教。"

杨虎山说："据说你和患者产生了感情，这违反了职业道德。"

安以睿终于摸着点头脑，说："确切地说，她已经不是我的患者了，我们是先终止了治疗，才开始交往的。"

杨虎山说："我相信你会把治疗记录做好，但是职业道德要求我们的，不是把手续做完善，是把良心摆正。"

安以睿听到摆正良心的字眼，觉得很刺耳，但是他又不敢发作，毕竟协会权力巨大，再加上杨虎山有很大的权威，他一个小小的心理医生，命运完全在人家的掌握中。

他只是平静地说："杨老师，我是问心无愧的。"

杨虎山意味深长地说："你的事情可大可小，你们都是单身，谈个恋爱，没什么大事，但是你要注意不要多管闲事。"

安以睿不解："多管闲事？"

杨虎山说："你做好心理医生分内的事情，管好你自己的生活，其他的事情少参与。"

安以睿虽然没有太明白，但是他隐约觉得，杨虎山是在警告他不要管行测会的事情。安以睿不好细问，也不好辩驳，只好装糊涂。

第十章　联手调查

　　深夜，于世非正在睡梦中，突然一阵手机铃声响起，他爬起来，揉了揉眼睛，看了看屏幕，是一个陌生的电话，他直接挂断了。但是很快这个电话又打过来，他只好接起来："喂。"

　　"于世非，我是白先勇。"

　　"哦，白警官。"于世非赶紧应和着。马玉菡听到"白警官"三个字，也起来了，打开了床头的台灯，盯着于世非。

　　电话那头，白先勇说："你马上到派出所一趟。"

　　"现在？"于世非问道。

　　"对。"

　　"什么事？"于世非下意识地问。

　　"电话里能说还要你跑一趟啊。"白先勇的语气已经不客气了。

于世非放下电话，看着马玉菡。马玉菡焦急地问："怎么了？"

于世非说："不知道，要我现在去一趟派出所。"

马玉菡说："我跟你一起去。"

于世非按住她的肩膀说："你跟着干啥，我又没做什么违法的事情，怕啥，去一趟看看。"

马玉菡似乎带着揶揄的口气说："你没做违法的事？"

于世非看了看她，笑笑说："无论如何，你去也没有用啊。在家等着我。"他亲了亲马玉菡的额头，穿好衣服，走出了门。

在路上，于世非反复琢磨，他知道深夜审讯，肯定是白先勇的策略，想利用这个特殊的时间攻破心理防线，"哼，道高一尺魔高一丈，我倒要跟你较量较量，反正你也有把柄在我手里"，于世非心里想着。

于世非来到派出所，白先勇已经在门口等候了。白先勇看到于世非走进来，也没有客套，直接威严地说："跟我来。"

于世非跟着白先勇走进一个小屋子，是一个审讯室，白先勇先拿出来一些表格，让于世非填写一下。填完后，于世非坐正了身子，等待白先勇问话。

白先勇看了看表格，没什么问题，就直起身子，面无表情地问："关立森的事情，你知道多少，说说吧。"

于世非照着媒体上读到的一些信息，拉拉杂杂地说起来，都是些无关紧要的事情。白先勇听得不耐烦，打断他："说说他在你们研究院做扫描的事情。"

于世非对这个问题早有预料，说："做过扫描，但是只做了一次，他就不来了，我们没法解读他的扫描数据。"

白先勇严厉地说："只做了一次？"

"一次，仅有一次。"于世非斩钉截铁地说。

"什么时间？"

于世非想了想，说："我不记得了，应该就是他被抓的前一个月吧。"

"谁发的邮件？"白先勇突然抛出这个问题，他想用突然袭击来吓到于世非。

但是于世非也不是善茬，他从安以睿那边有一些了解，关立森的落网关联到一封匿名邮件。于世非心里想：白先勇肯定是怀疑我们扫描了关立森的大脑，发现了一些线索，然后就写了这封匿名邮件。但是于世非清楚这封匿名邮件另有来源，白先勇这么问，正好证明了他根本就没有头绪，完全是瞎猜。

这么一想，于世非反而放松了，他笑了笑说："我不知道你在说什么，什么邮件？"

白先勇被激怒了："别跟我耍花招，还有谁能预先知道关立森的想法？"

于世非也决定不绕弯子了："说实话，我知道匿名邮件的事情，关立森告诉了安以睿，安以睿告诉了我，我们也在查这件事。"

白先勇有点意外，说："你们也在查？"

于世非说："是的，希望你给我们一点时间，我们查一下，再告诉你。"

白先勇不依不饶："不行，你先告诉我你已经知道的。"

于世非说："我知道的只有这么多。"

白先勇盯着于世非，看了一会儿，表情威严，似乎随时准备发作，但是于世非并没有退缩，他平静地坐着，眼神并无躲闪，回应着白先勇的咄咄逼人。停了几秒钟，白先勇说："我先放你一马，你要随时向我报告你的调查进展。"

于世非走出派出所，天已经蒙蒙亮了，他给马玉菡打电话报了平安，就直接到研究院了。研究院里还空无一人，他坐在办公室里，静静地盯着东方，看着日头慢慢升起。同时，他思绪万千，各种疑问接踵而来……他决定和安以睿沟通一下。

他拨通了安以睿的电话，正要说话，安以睿却制止他，只是说："你到我的诊所，我们面谈。"

于世非感觉情况有点异常，他赶紧驱车到了湖畔诊所。安以睿在办公室里等他，坐定后，于世非看到安以睿情绪有点紧张，问道："出事了？"

安以睿说："我可能被监视了。"

于世非惊讶道："怎么回事？"

安以睿说："我前几天谈了个女朋友，是我以前的一个患者，刚交往了一天，协会就有人找我谈话。如果不是有人跟着我，是不可能知道这些事情的。"

于世非也不由得紧张起来："你知道是什么人吗？"

安以睿说："肯定和人类行为预测学会有关，协会里找我谈话的是杨虎山，他是协会的职业道德委员会成员，也是行测会会长。"

于世非点点头说："这就对了。"然后他说了被白先勇审问的事情。

两人合计起来，慢慢地勾勒出了图像：确实存在一封匿名邮件，事先透露了关立森的计划，导致关立森落网，而经过调查，肯定是排除了关立森自己发邮件这个选项了，否则警察不会调查于世非。谁发的呢？很大的可能是行测会，他们也在扫描人类的大脑，扫描到了关立森的计划，告诉了警方。当然，他们担心关立森有可能会猜到发邮件的是他们，所以，他们在监视与关立森有接触的人，尤其是心理医生这类职业的人。

猜到剧情和获得证据是两回事，他们深知调查的艰难，稍有不慎，安以睿就会丢掉执业执照，于世非可能也会招致打击。

两人相对沉默，都在想对策。于世非靠着椅背，半躺着，看着安以睿背后的电子相册，相册中不断地变换着照片，其中有一些是安以睿和王琪琪在王琪琪的毕业典礼上照的。于世非开玩笑地说："兄弟，你到底是追到王琪琪了啊，这可得给我记一功啊。"

安以睿笑了笑，说道："没齿难忘。"

于世非看着看着，突然站起来，叫了一声："稍等，上一张照片，再回放一下。"

安以睿惊了一跳，"有什么问题吗？"说着他拿下来相册，递给于世非，于世非返回上一张照片，仔细端详了一下，自言自语："奇怪了。"

安以睿丈二和尚摸不着头脑，问道："到底怎么了？"

于世非放大了照片，指着照片背景中的一个人说："这是王瑞，我们院的。"

安以睿仔细一看，在照片很远的背景中，在校园花园里一个凉亭中，坐着一个人，盯着他和王琪琪。

于世非问道："还有其他照片吗？"

安以睿从电脑里调出了所有的毕业典礼照片，于世非仔细翻看了一遍，在另一张照片的远景中又发现了王瑞。

于世非看着照片中的王瑞，说："他的眼神一直在盯着你俩。王瑞是王洛基的侄子。"

安以睿说："那就是说，是王洛基派人监视我？"

于世非反问："你觉得他会是偶然出现在校园里吗？"

"王洛基和杨虎山果然是一伙儿的。"安以睿幽幽地说。

又到了关立森的心理咨询时间了，安以睿准时到了看守所会客室，不一会儿，关立森戴着手铐脚镣出来了。因为心理咨询的私密性，警察都离开了屋子，就剩下安以睿和关立森了。

关立森首先发问："你调查了吗？"

安以睿没有回答他，而是直接反问："关于行测会，你告诉警察多少信息？"

103

"没有告诉他们任何信息，他们在怀疑智研院，反复问我在智研院扫描大脑的情况。尤其是叫白先勇的警官，我总感觉他知道一些事情。"关立森说完，又问道，"你准备怎么调查？"

"我受到了一些压力，有人监视我，搞不好会丢掉执业资格，我可能没法调查。"

"你以为你现在收手就安全了吗？我不这么认为。"

"什么意思？"

"他们不过是吓唬住你，让你暂时不敢轻举妄动，等我被处死后，如果你没有掌握到他们的什么证据，就会收拾你。你只有掌握了证据，才能跟他们交换筹码。"

安以睿被他说动了，他脸上细微的表情变化被关立森捕捉到了，关立森更加自信地说："我们商量一个对策吧。"

安以睿又问道："你为什么一定要调查这件事？"

关立森狠狠地说："我当然要调查这件事，我是个魔鬼，我承认，但是我也痛恨熊归林、杨虎山这样的魔鬼。"

待关立森情绪平复后，安以睿问道："怎么调查？"

关立森听到安以睿这句话后，眼睛一亮，喜出望外，他立即语速极快地说："我们需要合作，我们俩互相信任，共享信息。"

安以睿说："可能还需要于世非和白先勇加入。"

"不不不，于世非可以，白先勇不行。"

"为什么？"

关立森没有回答，他顿了顿，似乎在思考，然后又摇摇头，说："白先勇不行，所有的警察都不行。"

安以睿再问时，关立森只是摇头，然后重复地说："警察不行，警察不行……"

安以睿也就不再问了。

安以睿答应调查之后，关立森兴致很高，他开始健谈起来，拉拉杂杂地说起过去做咨询的事情。安以睿倒是想到了一个问题，想跟他探讨一下："我有个问题，一直想问你。"

关立森安静下来，安以睿接着说："你记得我们一直在探讨你焦虑症的敏感源吗？"

"那时候我没法说，现在你知道了吧。"

"你知道自己的敏感源，而且你也清楚没法去除这个敏感源，也就是说，除非你被捕，或者你向我披露你的敏感源，否则我的治疗不会见效，一直在敏感源的周围打转，触不到核心，岂不是浪费时间？"

"其实我一直想告诉你，我每次在走进诊所之前都有一种冲动，今天就告诉你吧，但是每次都没有勇气说出口。"

"你有没有想过，你告诉我，我会替你保密？"

关立森摇摇头："没有想过，我想到的是你一定会报警。"

"为什么这么肯定？心理医生必须替患者保守秘密，即使患者触犯刑法，是不是报警也由心理医生自主选择，法律并无强制规定。"

"不，我的罪行太严重，你无法保守秘密的。"

安以睿不以为然："你听说过一种现象，叫作心理医生的自负吗？"

"当然听过，我还仔细研究过这种现象。在看心理医生的犯罪嫌疑人中，只有5%的患者心理咨询起到作用，降低了他们继续犯罪的意愿。但是，在他们向心理医生袒露罪行后，报警的心理医生却只有30%，其余70%的心理医生选择不报警，寄希望于利用自己的专业知识来治疗他们，改造他们，他们明明知道统计上只有5%的成功率，却过度自负，总认为自己会是那个5%，而不是那个95%。"

"你只是读到了这些数据，作为心理医生，我说一下我自身的感受。一个人，不论他是否犯下不可饶恕的罪行，只要他坦露心迹，心理医生就会得到一种信任感，罪行越重的人，只要他一坦白，心理医生获得的信任感越大。你想想，人家都向我袒露了这么大的事情了，就说明非常信任我，如果我转头去报警，就会觉得辜负了这种信任，会有心理负担，这是其一。再想想另一个角度，如果心理医生都去报警，那么势必导致犯罪嫌疑人向心理医生守口如瓶，将导致他们的治疗效果欠佳，这是其二。再加上心理医生的过度自负，就导致心理医生的报警率很低。"

关立森还是不住地摇头，他已经没有了手托下巴的习惯性工作了，一是因为他手戴手铐，不方便，二是强迫性的、机械性的动作的消失正是说明了他的焦虑症已好转。手铐脚镣限制了他的肢体语言，他现在只能摇头表示否定了，边摇头边说："我们还要分析数据背后的意义，我发现报警的30%中，全都是严重的罪行，也就是说，心理医生面对严重的罪行，基本都会报警的。"

安以睿听了，不由地佩服关立森对于数据的细致分析，他又重新审视了自己的内心：如果关立森向我坦白这些罪行，我会替他保守秘密吗？他纠结起来……

却说刘丹丹又一次带回了药物，约于世非在机场见面交接。于世非最近总是失眠，想的事情很多，拖着疲惫的身子驱车到了机场，正在接机口百无聊赖地垂头发呆，突然，肩上被重重地打了一下，他抬头一看，刘丹丹已经在眼前了。她一身运动装，披着长发，背着大背包，于世非忙接过背包，背在自己肩上，问道："累不累？"

刘丹丹说："不累，我看你倒是很累，眼圈都黑了。"

于世非笑笑说："最近总是睡不好。"边说边走向出口。

刘丹丹跟上来，挽起了他的手臂，问道："怎么了，跟玉菡姐吵架了？"

于世非看了看她说："没有。"

刘丹丹盯了他一会儿，看他还是不说，就说："好吧，你不说我也不问了。"

两人沉默着向前走，走了一会儿，刘丹丹问："想喝酒吗？"

于世非转过头看着她说："你能喝？"

刘丹丹调皮地笑了笑说："陪你喝点呗。"

二人到了酒吧，听着音乐，默默地对饮了几杯，于世非已觉得头晕眼花，刘丹丹眼光也开始迷离，脸蛋红扑扑的，更显得娇媚万分，于世非不由地心驰神往。

　　又喝了几口，于世非觉得胃里翻腾，难以下咽，就说："不能喝了，我们回去吧。"于是二人起身离开。

　　走出酒吧，二人上了车，于世非设定了自动驾驶，送刘丹丹回家。不一会儿，车就停在了刘丹丹的楼下。到了分别的时候了，但是二人却都觉得难舍难分，坐着不动，过了一会儿，于世非说："到了。"

　　刘丹丹还是没有动，于世非转过身子揽住了她，吻下去。忘情之吻后，刘丹丹突然说："你跟玉菡姐怎么办？"于世非没有预料到这个问题，他想了想，没有回答，但是此时他已意乱情迷，没有办法想太多，只是说："我们上楼吧。"刘丹丹没有说话，于世非打开车门，下了车，刘丹丹也下了车，于世非走过去，拉起她的手，走向了楼梯口……

第十一章　蹊跷车祸

与关立森的一番谈话，坚定了安以睿继续调查行测会的信心。于世非也是急于调查此事，他需要一个结论给白先勇交代。怎么调查呢？还是那句老话，不入虎穴焉得虎子。要调查此事，只能是深入行测会，看看他们到底耍什么花招。

两人合计一番，决定派个人到行测会，假装谈个生意，就说要委托他们给市第一殡仪馆的员工做一个岗位适配的咨询，再让刘铭配合派几个员工，到时候安以睿和于世非作为卧底，看看他们的套路。

计策已定，接下来有个问题：派谁去？安以睿不行，杨虎山已经认识他了，于世非也不行，熊归林认识他，只能派其他人了。安以睿提议："马玉菡？"

于世非摇头："玉菡不行，脑袋一根筋，这种事得找个机灵的人。"他想了想说："让刘丹丹去吧,她聪明机灵,而且又是殡仪馆的人,代表殡仪馆去谈这件事也合理。她也知道我们的事情,省得信息扩大。"

安以睿点头赞同,然后他也提醒了一下于世非:"世非,你得跟刘铭商量好,让他配合好,别露馅。"

于世非应承下来。

于世非约了刘丹丹,说有要事商量,要刘丹丹在家等他。于世非到了的时候,刘丹丹正在沙发上发呆,看于世非进来,也没有动。

于世非走过去,摸了摸她的脸,说:"怎么了?"

刘丹丹轻轻地推开他的手,说:"你先坐下,我去给你倒杯水。"

于世非坐下来,盯着她的表情,看上去好像刚哭过,很不开心,于世非不敢说话,静静地坐着。

刘丹丹倒了一杯水后,坐在了对面的沙发,似乎在刻意与于世非保持距离。她坐下来后,也不看于世非,只是盯着前面的茶几,玩弄头发。

她虽然没有说话,但是于世非倒是猜到了几分她的心思,她插足了于世非和马玉菡的感情,肯定有压力。那天一时冲动,酒后乱性,没想那么多,清醒之后就需要考虑很多事情了。

于世非没有说别的,只是非常坚定地说:"丹丹,我这几天就会和马玉菡分手,给我一点时间,我需要找个机会说出口。"

刘丹丹抬起头看着于世非,说:"你不喜欢她了?"

于世非不假思索地说："是的。"

刘丹丹又问："那你……对我？……"

于世非很干脆地回答："我喜欢你。"

刘丹丹低下头，没有说话。于世非走过去，挨着她坐下来，抱着她的肩膀，刘丹丹顺势倒在于世非的怀里。于世非问道："你刚才哭了？"

这一问，刘丹丹又哭起来，边哭边说："我真的成第三者了。"

于世非默不作声，只是抱着她，她抽泣了一会儿，逐渐平静下来，于世非温柔地说："是我的错。"

安抚好刘丹丹的情绪之后，于世非说了准备派她去一趟行测会，假装去谈个生意。刘丹丹撒着娇说："我就听你安排啦。"

安以睿、于世非和刘丹丹三人计议已定后，于世非又跟刘铭打了招呼，刘铭自然也会配合，毕竟还有生意要和于世非做。

于是，刘丹丹找了个方便的时间，就去行测会登门拜访，准备为市第一殡仪馆预约一次员工岗位适配的测试。

行测会在市中心商务区里的一个写字楼里，刘丹丹依一层的指引到了22层，走出电梯，就看到左手边有一个办公室，玻璃门后面是前台，前台的背景墙上写着"人类行为预测学会"几个大字，就是这里了。刘丹丹走到门前，按了门铃，前台的女士打开门，起身询问："女士，您找谁？"

刘丹丹说："我来预约一次岗位适配测试。"

那位前台女士说："请跟我来。"刘丹丹跟着她走到一个会议室里，坐下来。前台女士说："请稍等。"就离开了会议室，不一会儿又走进来，手里那这一张表格，请刘丹丹填一下。

　　刘丹丹看着那张表格，要求填写的项还很详细，除了采集刘丹丹个人的身份证明，还需要填写拟做测试的单位的情况。刘丹丹只好慢慢填写起来。

　　十几分钟后，她填写完毕了，前台女士又走进来拿走了表格。刘丹丹问道："我只需要填写这张表格就行吗？"

　　前台女士说："我需要根据您填写的情况，预约一位心理医生过来跟您接洽，还需要等一会儿，不好意思。"

　　刘丹丹只好点点头，坐下来继续等。又等了大概20分钟，前台女士走进来，说："刘女士，请跟我来，到一个诊室，霍医生要和您沟通。"

　　刘丹丹起身跟她走出会议室，走到一个诊室门口，前台女士敲了敲门，门里传来一声"请进。"前台女士打开门，请刘丹丹走进去，是一间很小的屋子，屋子里有一个长条形的办公桌，办公桌一边坐着一位中年女士，披发，穿着职业装。另一边的座椅上方悬着一个巨大的半球形仪器，看上去，只要在那个座位上坐下来，脑袋就正好在那个半球形仪器里。刘丹丹看着这个仪器，想起了于世非跟她讲过，这里可能会扫描人的大脑，这个仪器是不是也有扫描的功能？不由地疑惑起来。

　　中年女士满面笑容地问道："是刘女士吗？请坐。"

刘丹丹不敢落座，因为她知道万一被扫描到大脑的信息，他们的计划就露馅了，但是看这样子，不坐下来又很尴尬，她踌躇起来，不知所措。中年女士看她游移不定，有点奇怪，问道："刘女士有什么问题吗？"

刘丹丹心里想，今天无论如何不能落座，于是说："我就站着吧，坐着腰不舒服。"

中年女士看了看刘丹丹，又看了一下面前的仪器，说："是不是害怕这些仪器？"

刘丹丹没有否认，只是笑了笑。

中年女士说："这些仪器是归林集团赞助的，根据归林集团的广告描述，这些仪器对人没有任何害处，能让人平静愉悦。当然，我们心理学界，是不认可这些仪器的，但是我们需要归林集团的赞助，只好给他们做做广告了。"

刘丹丹点点头，还是站着。中年女士打开电脑，看了看刘丹丹刚才填写的表格的扫描件，又问了几个问题，刘丹丹回答了之后，中年女士说："好，就这样了。我们可以在两周后做测试，你们的员工需要到我们指定的地方测试。"

刘丹丹点头道："好。"

却说刘丹丹的申请信息到了熊归林那里，熊归林一看是市第一殡仪馆，马上敏感起来，再一看申请人是刘丹丹，他记得刘丹丹是秘密成员，心中又增几分狐疑。他赶紧打开电脑，按照规程，凡是跟心理医生接洽过的人员，都应该有初步的一些大脑的扫描数据，但是他的电脑中却没有传输过来刘丹丹的扫描数据。

熊归林不由地升起一阵怒火，他都没有让助理拨号，直接自己抓起电话打给了王洛基。

王洛基接起来电话后，熊归林气不打一处来，严厉地问道："王院长，你在搞什么名堂？"

王洛基被这突如其来的问题搞得莫名其妙，反问道："熊总，您是指什么？"

熊归林怒气冲冲地说："不用给我耍这些，我警告你，不该管的事情你别管，否则后果自负。"

王洛基更糊涂了，这是哪一出，他不由地也有点生气了，说："熊总，你不能乱发脾气，你在说什么，说清楚。"

熊归林毫不相让，撂下一句话："我说过后果自负，走着瞧。"然后就挂断了电话。

王洛基是丈二和尚摸不着头脑，本想再打过去问问，又转念一想，管他呢，不就是花了几个臭钱吗？有多了不起了？于是自顾自忙起来，没去管他。

刘丹丹完成了这项任务后，自然又去找于世非领赏，两人卿卿我我一番。于世非心中已在盘算，怎么跟马玉菡分手。毕竟两人已在同居，分手也不是那么容易，需要时机和步骤。

这天，刘丹丹上夜班，晚上9点左右，出了家门，走到楼下，天色已黑，街上已没有行人，车也很少，她要走过马路对面搭乘公交车，走在路中间的时候，突然左手边窜出一辆汽车，速度极快地向她开过来，躲闪已来不及，只听"砰"一声，刘丹丹被撞倒在地，车还没有减速，又碾压上她的身体，此时才开始刹车，发出刺耳的刹车声。

司机急忙下车查看，刘丹丹已经失去知觉，口中渗血，头上也不停地流出血来。司机赶紧拨了急救电话，救护车10分钟左右就到了，医生下车查看后，宣布已死亡，直接报了警。当消息传到于世非那里的时候，刘丹丹已经安静地躺在她曾经工作的地方——市第一殡仪馆了。于世非发疯似的开车过来，停在殡仪馆门口的时候，刘铭已经站在门口迎接他了，于世非下了车也没有跟刘铭打招呼，直接跑进院子里，刘铭后面跟着跑上来，说："在这边，跟我来。"

于世非跟着刘铭，跑到一个化妆室，刘丹丹已经齐齐整整地躺着了，她的脸看上去很平静，除了有几分惨白，就跟睡着了一样。于世非扑上去，抓着她的手，哭起来，又压抑着不放出声来，那种使劲的样子让人看着揪心。

刘铭看在眼里，已明白了七八分，这是两人动了感情了，也替他们难过起来。

刘丹丹的逝去让于世非伤心欲绝，他茶不思饭不想。马玉菡看在眼里，痛在心里，她已经看出来于世非对刘丹丹的感情了，她平时原则性很强，得理不饶人，但此时却像一只斗败的公鸡，狼狈不堪。她想发作，但是她知道一旦发作，等待她的就是分手。她反复权衡，能不能接受失去于世非？她没有勇气，她爱他，她不敢想象没有于世非的生活。同时她也心痛，于世非爱上了刘丹丹，她跟他在一起还有意义吗？但是她转念一想，刘丹丹毕竟已经去世了，于世非还可以再争取回来。无论如何，她知道，他们俩需要好好沟通一下了。

于世非坐在自己的书房里，一动不动地发呆。马玉菡轻轻地敲了敲门，没有等于世非回应，就打开门走进来。于世非抬起头，看了看马玉菡，又转头看向窗外。

此时，马玉菡不由地升起一阵无名怒火：毕竟还是男女朋友，你现在的表现是完全不把我放眼里了。她差点发作，但是还是忍住了。

马玉菡走到书桌前，面对着于世非坐下来，盯着他。于世非转过头，看了看马玉菡，说："让我安静一下吧。"

马玉菡轻轻地哼了一声，说："你不准备跟我谈谈？"

于世非没有回应。

马玉菡有一种冲动，想把所有的委屈都说出来，然后臭骂一顿于世非，但是她知道于世非已经抱着分手的决心了，她反而放不下来、豁不出去。她调整了一下情绪，平静地说："我知道你喜欢上刘丹丹了。"

于世非抬起头，看了看她，然后慢慢地说："其实我正要告诉你……"

马玉菡心中一阵悲伤，尽管她早就猜到了，但是亲耳听到于世非说出来，还是抑制不住强烈的情绪，泪水涌了出来。

　　于世非看在眼里，不由得心软了。他已经认定刘丹丹的车祸十有八九是人为的，他对自己让刘丹丹去行测会深感愧疚，而这愧疚又转化为对自己的愤怒，他不能原谅自己，甚至感觉到不能轻饶自己，他不知道该怎么惩罚自己，即使是失去刘丹丹的痛苦，也不足以惩罚。他对一切都提不起兴趣，他想逃离所有的一切，包括马玉菡，他想分手，然后自己一个人静静地接受惩罚。但是他看到马玉菡的眼泪，却突然心软了。

　　他此时才意识到他对不起的不仅仅有刘丹丹，还有马玉菡，虽然他跟马玉菡没有结婚，但是他们同居了，而他出轨了。他没有要骗马玉菡的企图，但是客观上，他没有尽到忠诚的义务。无论如何，马玉菡是无辜的，她也是受害者。

　　于世非轻轻地说："玉菡，对不起……"然后就是沉默，他本来到嘴边的一堆话却没有一句说出口，他觉得那些话都太轻飘飘了，不如不说。

　　马玉菡仍然止不住地哭，于世非站起来，走到她身边，手落在她的肩上，轻轻地拍了拍。

　　马玉菡哭了一阵，情绪略微平复了，然后说："刘丹丹已经离开了，你还会回来吗？"

　　于世非非常惊讶，他没想到马玉菡会争取自己的回归，他想了很多遍，一旦马玉菡知道他和刘丹丹的事情，以马玉菡的性格，肯定会让他立马滚蛋，但是却没有。马玉菡的示弱反而让于世非沉重起来，他分明地感觉到马玉菡对自己感情的重量。

于世非落在马玉菡肩上的手轻轻地揽住了马玉菡的背，说："给我一点时间可以吗？"

马玉菡没有说话，呆呆地看着书桌的一角。

于世非知道自己陷入了心理困境，当他把自己的感受告诉安以睿的时候，安以睿说："你是找我聊天还是要我给你治疗？"

于世非有点不解："有区别吗？"

安以睿用非常正式的口吻说："有区别。找我聊天，我只是听听，不一定会问你很多问题。如果是找我治疗，我会问问题，你有义务回答我。"

于世非没想到跟心理医生聊天反而会有这么大的压力，他苦笑道："就是聊天吧，你别问了。"

安以睿说："恋人去世，心理有问题是正常的，我们就以朋友身份聊聊吧。"

安以睿对刘丹丹的车祸有很多疑窦，他也高度怀疑是人为的，本来想跟于世非一起分析一下，但是看到于世非这个样子，也不忍心说人为不人为的事情了，就是陪着他，听他倾诉了。

却说王洛基得到刘丹丹的死讯后，也觉得这场车祸实在有点蹊跷，猛地想起来熊归林说过的"后果自负"，他感到脊背一阵发凉，浑身直冒冷汗。这是不是熊归林安排的？刘丹丹犯什么错了？熊归林为什么警告我？一时间好多疑问涌上心头，他需要搞清楚。要搞清楚刘丹丹的事情，于世非是关键人，他跟刘丹丹经常在一起。再联想到之前熊归林问起过安以睿，这次索性连安以睿也问问，到底是怎么回事，为什么熊归林盯上他了。大家都摊开了说说，要不然指不定会闯出什么祸来。

第十二章　深入虎穴

　　王洛基把于世非和安以睿召集到会议室里。于世非还是魂不守舍，安以睿倒是精神不错，与王琪琪的恋情给了他不少精气神。

　　王洛基开门见山："刘丹丹的车祸，你们有没有觉得很奇怪？"

　　于世非很诧异，他没想到王洛基是要谈这件事，不过这也正是他想谈的，他这几天一直有一种冲动，想质问王洛基，他是不是也参与了这个"谋杀"，但是苦于没有任何线索，不好开口，现在王洛基主动提起来，正好可以对质，于是口气强硬地说："我不相信是意外。"

　　王洛基本来想告诉他们熊归林的事情，但是转念一想，先听听他们怎么说，这两个小鬼是不是瞒着自己搞了什么事情。于是他又问："为什么你觉得是意外？"

　　于世非看了看安以睿，似乎在征求安以睿的意见，安以睿没有任何表情，王洛基看在眼里，心里明白了几分：看起来他们俩是不相信自己。这种诡异的气氛甚至让王洛基觉得他们在怀疑他与刘丹丹的死有牵连。王洛基意识到必须要取得他们的信任，否则没有办法沟通下去。他又说："你们俩不相信我？"

于世非和安以睿都定定地看着王洛基，气氛更加紧张起来，一触即发。王洛基明白这样互相猜疑下去，情况会越来越糟，不如自己先坦诚相告，换取他们的信任。于是他就把熊归林的两次电话内容说了出来，并且说了按照熊归林的指示跟踪了安以睿，把跟踪情况汇报了熊归林，他也强调了熊归林说的后果自负等语，虽然他没有明确说刘丹丹的死与此有关，但是他已经暗示了。于世非和安以睿听了，倒没有很意外，他们俩陷入了深思。

于世非脑子很乱，一堆杂乱的信息，还有自责和愤怒的情绪，都涌上来。安以睿倒是冷静地分析了这些事情，也有一点相信王洛基了，毕竟他刚才很坦诚地说了派人跟踪的事情。安以睿理了一下头绪，说："既然王院长这么坦诚，我们就都把信息共享一下吧。"

于世非似乎还不相信王洛基，他看了看安以睿，又看了看王洛基，略带反讽地说："坦诚？"

安以睿坚定地说："世非，相信我，也相信王院长吧。"

于世非又说："为什么要相信？"

安以睿没有说太多，只是说："我是心理医生，相信我的判断。"

于世非没有再说话，他双肘支着桌子，双手十指交叉，做拱手状，头垂下去，埋在手里。

安以睿边思考边说："熊归林知道了我和王琪琪的事情，然后告诉了杨虎山，杨虎山找我谈了话，警告我如果不听话，就以违反职业道德为由吊销执业执照。"

王洛基问道："杨虎山找你了？他为什么警告你？"

安以睿说："是的。我给关立森做了心理咨询。"

王洛基还是不明白："给关立森做心理咨询不是司法机关让你去的吗？你不是一直是关立森的心理医生吗？他们为什么干预你给关立森做咨询呢？"

安以睿又说了警方收到匿名信，关立森透露了曾经在人类行为预测学会做测试的事情。

王洛基似乎明白了一些，又问："那么刘丹丹怎么卷进来的？"

安以睿看了看于世非，他还是埋着头，似乎不想再说话了，于是安以睿接着说："是我们商量了一个计划，让刘丹丹假装去和行测会做个生意，深入虎穴，看看他们到底在搞什么鬼。"

王洛基说："然后呢？"

安以睿说："刘丹丹只是去预约了一下，本来下周要做测试，就突然发生了车祸。"

王洛基想了想，说："也就是说预约的时候就露出破绽了，他们担心事情败露，下了杀手？"

安以睿摇摇头，说："我也不太清楚。"

此时，于世非突然抬起头，"丹丹跟我说，预约时候，按照规定她需要坐在一个仪器里，和心理医生谈话，但是她担心这个仪器会扫描她的大脑，就没有坐进去。"

王洛基和安以睿听了，也有了一些头绪。王洛基说："那就是这个环节露出了破绽。"

三人又商量了一会儿，线索越来越多了。

最后，王洛基说："此事必须要调查清楚。"于世非和安以睿都点头赞同。王洛基接着说："我觉得行测会是关键环节，我们直接去质问。"

安以睿说："直接质问？合适吗？"

王洛基说："他们为了掩盖真相，不惜杀人，我们还跟他们周旋什么？越快越好，态度越强硬越好，并且告诉他们我们已经联系好了记者，随时准备公开报道。"

于世非和安以睿听了王洛基的话，顿时受到鼓舞。

不过，王洛基最后又问了一个问题："你们俩为什么怀疑我呢？"

安以睿说："王院长，这个怪我，是我一开始不相信您。后来又发现了您派人跟踪我，就更加坚定了我的怀疑。"

王洛基点点头，又问于世非："世非呢？"

于世非说："我本来是信任你的，但是你前一段时间怀疑我和刘铭合谋骗钱，我觉得你还是没有把我当朋友。"

王洛基叹了口气说："过去的都过去吧，以后我们坦诚一点。"

王洛基以院长身份预约了杨虎山会长，双方约定三天后的一个下午到行测会见面。王洛基带着于世非和安以睿准时达到，杨虎山已经在会议室里等候了，杨虎山一见面就认出了安以睿，安以睿也客气地和杨虎山打招呼。

　　简单寒暄后，分宾主坐定。

　　杨虎山看上去有一点诧异，他不知道安以睿为什么也来了。

　　王洛基坐定后，说："杨老师，我今天要跟您谈一点私密的事情，请您的助理等人先离开吧。"

　　杨虎山怔了一下，然后他示意其他人离开，会议室里只有王洛基、于世非、安以睿和杨虎山了。

　　王洛基说："杨老师，刘丹丹的事情我们已经报警了。"

　　杨虎山满脸的疑惑，他努力地想了一会儿，说："谁是刘丹丹？"

　　王洛基说："我不准备和你兜圈子。"

　　杨虎山毕竟也是大腕级的人物，王洛基的话有点激怒他，他也不客气地说："王院长，你有话就明说，我杨虎山没做过什么亏心事，别拿什么报警不报警来吓唬我。"

　　王洛基的策略本就是先给他一个下马威，然后再慢慢说，看他已经生气了，就说："杨老师，我直说吧，我们怀疑你们在心理测试过程中扫描了人的大脑，获取了人的记忆和想法。刘丹丹受了我们的指派秘密调查此事，却突然遭到车祸。我们怀疑这场车祸并不是意外，是有人策划的。"

　　王洛基说出这番话之后，于世非和安以睿本以为杨虎山会突然发作，然后就是矛盾升级，互相摆筹码秀肌肉了。但是没想到杨虎山却一言不发，似乎陷入了深思。

王洛基等人看着他，等待着回应。杨虎山沉默了好一会儿，才说：“其实我也一直在怀疑。”

王洛基等人非常意外，没想到杨虎山会说这句话，王洛基问道：“您也在怀疑？”

杨虎山缓慢说道：“四年前，熊归林找到我，说他的公司有一款新产品，通过一些尖端科技，能够干预脑电波，不仅能提高人的反应能力，而且能够让人心情平和，在做心理测试的时候，戴上它，能让受试者精神更集中，心理测试的结果更准确。当时我是不相信的，但是熊归林说如果我们同意使用这款产品，他可以赞助我们预测学会一笔钱，于是我就答应了。”

“用了这款产品之后，客观上讲没什么实际效果，但是我们也不好撤掉，反正都是免费使用，而且还有赞助，就当帮着熊归林做广告了。

“后来熊归林又跟我要很多被试者的信息，本来这些信息是保密的，熊归林没有权限知道，所以我没有同意，但是发生了一些事情，我也身不由己，只好答应他了。再后来，他变本加厉，干脆搭建了一条专线，我们这里的信息都会直接输送给他，我只好也睁一只眼闭一只眼。”

王洛基问道：“发生了什么事情？”

杨虎山摇摇头说：“别问了，我有难处。”

于世非插话问道：“刘丹丹的事情你知道多少？”

杨虎山说：“我真不知道刘丹丹的事情。”他说着拿起手机，查阅了一些信息，然后又说：“刘丹丹是不是前几天来过这里，预约了一次测试，给市第一殡仪馆的？”

于世非说：“是的。”

杨虎山说：“我们办公系统里有她的记录，其他的我不知道了。不过，我得提醒你们，凡是来我们这里预约的人员，他们的记录都会自动传输给熊归林。”

安以睿又问道：“杨老师，这么说，上次您找我谈话，也是熊归林安排的？”

杨虎山说：“是的。”

王洛基、于世非和安以睿互相对视了一下，三个人都觉得杨虎山不像在撒谎，看起来需要去找熊归林了。

三人只好向杨虎山告辞，王洛基也为之前的得罪致歉，正要起身离开，杨虎山叫住了他们，说：“三位先不着急，我有一事请教。”王洛基等人又坐下来。

杨虎山问道：“三位真的认为可以通过扫描大脑获取人的想法和记忆？”

王洛基等三人都一愣，不知道如何作答，王洛基迟疑了一下，说：“我们是这样怀疑的。”

杨虎山又问：“是什么让你们这样怀疑？”

王洛基只好对他说：“杨老师，我们会在合适的时间告诉你的。”

杨虎山无奈地点点头，沉默了一会儿，然后似乎是欲言又止，踌躇了一会儿，说："熊归林知道我的一些事情，我一直搞不明白，除非他钻到我的脑子里，否则他怎么会知道这些事情呢？"

　　王洛基三人有点明白了杨虎山的苦衷，看起来他也是受熊归林胁迫。

　　辞别杨虎山后，于世非一心认定刘丹丹之死就是熊归林所为，已经等不及要去质问熊归林了，但是王洛基却犹豫起来，说："杨虎山不知道我们智研院内部的事情，或者即使知道一些，也没有证据，我们可以跟他摆筹码，但是熊归林可是完全清楚我们院内部的事情，我们被他捏着呢。"

　　于世非激动地说："那就同归于尽，他是大老板，看看是他能豁出去还是我们能豁出去。"

　　王洛基和安以睿都沉默了。

　　于世非说："你们都是事不关己。"

　　王洛基说："世非，我理解你的心情。我不是不管这件事，我们需要商量一个对策。你想想，我们去问熊归林，他不承认，我们怎么办？我们有什么办法吗？"

　　于世非默然。三人合计良久，还是无计可施，只好各自回家了。

　　安以睿最近有一件为难的事情，他需要告诉陈朵自己有女朋友了，但是又不知道该怎么说出口。陈朵也并没有向他表达过什么，只是默默地付出，帮他照顾毛毛和其他家里的事情。他心知肚明，虽然双方都没有什么山盟海誓，但是他与王琪琪谈恋爱却总有一种愧疚感。理性告诉他，他没有做错什么，但是他总是没有办法放松下来。

不过，只要一见到王琪琪，他就把这些事情抛到九霄云外了。但是今天王琪琪学校里有事情，他自己一个人走在回家路上，就开始胡思乱想起来。

回到家，推开门才发现陈朵也在，正在和毛毛说笑。看到安以睿回来了，毛毛跳起来，跑过来抱着安以睿，说："爸爸，今天回来得好早。"

安以睿轻轻地拍着她的肩膀，对着陈朵说："朵朵也在？"

陈朵站起来，笑着说："我没事干，就过来跟毛毛聊聊天。"

安以睿看着陈朵，圆圆的脸蛋，身材不高，但是也很匀称。她就住在对门，5年前跟丈夫离婚后，就一直没有恋爱，她总是过来陪毛毛玩，从毛毛3岁一直陪到8岁，没有母女那么亲密，但是也差不多了。

安以睿想起5年前的一件事：那会儿陈朵总是和丈夫吵架，有时候吵架的声音还会传到安以睿的家里。有一天，安以睿正在家里看书，突然门外一阵哭喊，然后有人急迫地敲门，安以睿走到门口，从猫眼一看，是邻居陈朵，尽管没说过几句话，但是早就认识了。他赶紧打开门，陈朵冲进来，哭着说："救救我！"

安以睿问道："怎么了？"

陈朵说："我前夫又来了，要打我！"

还没等说完，就听到门外一个男人的声音喊道："陈朵，你出来！"

安以睿一听说"前夫"，才知道两个人已经离婚了。看这样子，不管不行了。安以睿打开门，陈朵的前夫对着安以睿说："不好意思，我跟我老婆有点事情说一下，让她出来。"

安以睿说："你们已经离婚了？"

陈朵前夫突然爆发了，高声说："关你屁事！"

安以睿也火了，说："我管定了。"说着就拿起手机拨通了报警号码。

陈朵前夫见状，作势要动手，安以睿毫不相让，也跟他推搡起来。陈朵前夫知道警察已经在过来的路上，也不敢真动手，撂下几句狠话，咬牙切齿地走了。自那以后，就再没来。

陈朵感激万分，自此就和安以睿、毛毛熟络起来，和安以睿家的保姆也是好朋友了。

一来二去，陈朵对安以睿动了感情，但是安以睿却没什么感觉，陈朵也能感觉到，所以就没有挑明。

安以睿觉得无论如何，得委婉地跟陈朵说一下王琪琪的事情，算是一个交代吧。于是他对陈朵说："朵朵，下楼喝杯咖啡？"

陈朵有点意外，没想到安以睿主动约她喝咖啡，她笑了笑说：

"好吧。"

安以睿看她开心的样子，隐约感到她是不是有点误会，更加不安起来。毛毛见状，走到自己的房间里，看起了书。

安以睿和陈朵一起走下楼，到了咖啡馆坐定。安以睿正要点咖啡，陈朵说："我从来不喝咖啡的。"

安以睿有点尴尬，这么多年了，还真不知道陈朵的爱好，他赶紧说："那你喝果汁？"

陈朵说："你自己点吧，我喝水。"

两人对视了一下，都有点尴尬，陈朵的尴尬是充满爱意，而安以睿的尴尬则是满怀歉疚。最终，还是安以睿先开口了："朵朵，我跟你说个事……我最近交了一个女朋友……"

陈朵听了，愣了一下，然后赶紧说："太好了。"

安以睿不知道怎么接这句话，只好低下头喝咖啡。

陈朵想了一会儿，说："是不是以后我应该少去你家，免得你女朋友误会？"

安以睿赶紧说："你不要多心，我是说我们俩都单身这么多年了，我迈出了一步，也希望你能赶紧迈出一步。"

陈朵笑了笑，笑中含着苦涩，这一抹笑让安以睿有点心疼，但是他又无能为力，只好视而不见。陈朵沉默了一会儿说："我记住你的话了。"

第十三章　暗中计划

　　于世非在刘铭的办公室里，两人默默地坐着。

　　刘铭忍不住又问了一句："于博士，你确定要这么做吗？"

　　于世非说："我想好了，一定要这么做。"

　　刘铭说："我可以帮你，只要你决定了就好。"

　　于世非又坚定地说："决定了。"

　　刘铭叹了口气，说："好吧，为情所困啊，能理解。"他停顿了一下，说，"那就今晚来吧，我亲自帮你。"

　　于世非点头。

　　到了晚上11点多，于世非独自前来，刘铭在办公室等着他。于世非走进办公室，两人也没有说话，刘铭起身走出来，于世非随后跟上，来到一个化妆间，两人推门进来。屋子中间的化妆台上，用白布蒙着一具尸体。于世非走上前，揭开白布，刘丹丹惨白的脸露出来。于世非打开手提箱，取出工具。他摸了摸刘丹丹的脸，然后熟练地打开了她的脑壳……

于世非小心翼翼地取出刘丹丹的大脑后，迅速装进冷冻箱，然后驱车回到了人类智力研究院，已经是凌晨两点多了，研究院里空无一人，他走到地下的实验室，把刘丹丹的大脑放进了纳米级扫描仪，选择了全脑扫描模式，然后打开了启动键。

怎么对付熊归林呢？王洛基想了很久，总是觉得没法拿下熊归林，没有筹码，因为有太多把柄在熊归林手里了。不过突然另外一个念头闪过来：为什么非要对付熊归林呢？熊归林手里有一个宝贵的东西，是我们一直想要的，完全可以通过谈判拿到啊。这么一想，就想通了，而且越想越觉得此计甚妙。

不过，王洛基还是有点拿不准，于世非是否会同意与熊归林做这笔交易？毕竟刘丹丹是他的女朋友，如果他把刘丹丹死亡的账算到熊归林身上，那这可是不共戴天之仇啊。

王洛基反复思考怎么说服于世非，在他思考停当后，他召集了于世非和安以睿。王洛基首先问于世非："世非，你心情好了点没有？"

于世非抬起头，说："好多了，没关系，您不用担心我，有什么事情就说吧。"

王洛基说："我最近反复想了怎么去跟熊归林谈，我们去问他行测会的事情，或者刘丹丹的事情，他肯定不承认。我们不会得到一个答案，但是，我们提到这些事情，本身对他是个威胁，让他认识到他做的事情并非天衣无缝，先杀杀他的威风。"

于世非轻蔑地笑了一声，说："我也反复想了，跟熊归林就没必要谈，直接把我们掌握的线索提供给警察就行了。"

"你掌握什么线索了？"

"先让警察调查心理测试时的穿戴式设备，看看是不是有扫描仪。"

王洛基摇摇头说："有扫描仪又怎样？扫描仪不是最关键的，最关键的是他的分析系统。扫描仪谁不会做，但是有谁能把扫描仪的数据分析出来呢？就我们这几个人啊，这不是自投罗网吗？"

"他扫描别人的大脑，别人在毫不知情的情况下接受了大剂量的辐射，这还不是犯罪吗？"

安以睿说："世非，我最近研究了扫描仪的原理，熊归林的扫描仪可能不是射线，是超声，对人没有什么害处。如果是射线，需要定期维护放射性物质，而且人体接受大剂量辐射，会有反应的。"

于世非惊讶地看了看安以睿，没想到他研究了这么多。

王洛基看于世非不再说话了，心中有了一些把握，接着说："不如我们威胁一下熊归林，然后跟他做一笔交易。"

于世非哼了一声，说："我就知道，还是黑吃黑的交易。"

安以睿倒是没有说话，抬起头静静地等王洛基继续说。

王洛基说："世非，我也反复想了很久，熊归林掌握我们的把柄太多了，我们没办法拿下他，只能互相制约，利益交换。"

于世非说："你按照自己的想法来吧，我自有我的办法。"

"什么办法？"

"你不用问了，反正不会暴露我们的研究，也不会对你们有什么影响。"

王洛基盯着于世非看了一会儿，于世非一言不发，王洛基无可奈何，只好继续说："熊归林有大量的大脑扫描数据，如果我们拿到这些数据，可以在脑科学领域研究得更深入。"

王洛基说完，安以睿眼前一亮，于世非冷笑了一声，没有说话。

王洛基看着安以睿，似乎在等他的表态，安以睿说："我支持王院长的想法。"

三个人就这样不尴不尬地算是达成了一致。王洛基当场就拨通了熊归林的电话，是他的助理接的，约定了三天后见面。

三人依约定时间到了熊归林在郊外的庄园，是一个大院子，圆形的大拱门，门口两侧各放着两个大石球。拱门敞开着，三人走进去，是一座花园，有一片小湖，亭台楼阁，错落有致。又走了一段路，右手边一块牌子，上书"办公区"三个字，有一个向右走的箭头，三人依箭头走过去，不一会儿，就到了一座三层小楼前。三人到了门口，门口传来机器人警卫的声音："请问您找谁？"王洛基回答："熊归林。"机器人警卫说："请稍等。"

等了一会儿，门开了，三人走进去，一个人形的机器人警卫走过来，做了一个"请"的手势，然后牵头带路，三人跟着上了电梯，电梯一开，就是熊归林的办公室。熊归林正坐在座位上打电话，看到三人进来，打了一个手势，请三人坐到办公桌旁边的会议桌旁。然后匆匆结束了电话，走了过来，坐在办公桌主位的按摩椅上，说："王院长于博士好久不见，这位是安医生吧？"

安以睿说："我是安以睿，熊总。"

熊归林又问："马玉菡呢？"

王洛基说："她休假了。"

熊归林又笑着问于世非："世非和玉菡还没有结婚呢？"

于世非有点尴尬，说："分手了。"

熊归林有点惊讶，同时又惋惜地说："可惜了。"

于世非想起了刘丹丹，又看着熊归林一副若无其事的样子，气不打一处来，忍不住说："熊总是明知故问吧，我女朋友是刘丹丹，您也知道吧。"

熊归林似乎略有点吃惊，不过很快就镇定下来，说："刘丹丹不是殡仪馆那个女孩子吗，也是你们团队成员吧。"

于世非哼了一声，又待说话，王洛基按了一下于世非的胳膊，说："熊总，我们这次来也是跟您说件事，刘丹丹前几天车祸去世了，我们希望你能帮我们一起查一下，我们觉得这个车祸有点蹊跷。"

熊归林显出非常惊讶的样子，说："去世了？"然后他转向于世非看了一下，说："世非，节哀。"

于世非没有说话，但是愤怒写在脸上。熊归林环顾了一圈三人，沉思了一下，然后突然说："我明白了。"

三人都有点懵，什么明白了，没头没脑的。

熊归林又想了想，然后连说几句："我明白了，我明白了……"

于世非问道："什么明白了？"

熊归林说："你们是不是怀疑我与刘丹丹的车祸有关？"熊归林这么一挑破，三人反而有点意外，三人也不辩解，且看熊归林怎么说。

熊归林看三人没有说话，知道自己说中了他们的心思，不由得冷笑一声，说："居然怀疑我杀人？你们三人也是太小瞧我了。"

于世非轻蔑地笑笑说："谈不上什么小瞧不小瞧，大家都讲证据就行。"

熊归林说："我没什么证据给你们，你们该报警报警，该调查调查。我这里还有事，各位请慢走。"说着就起身了。

王洛基说："熊总不用着急，请坐，我还有几句话。"

熊归林看了一眼王洛基，又坐下来，说："什么事？"

王洛基说："世非还在悲痛中，难免情绪化，请熊总谅解。刑事案件自有司法机关公断，我们不会乱下结论。"王洛基这一段话，说得比较体面，一是对于熊归林与车祸之间的联系没有退让，二是缓和了一下与熊归林私人之间的紧张关系，把这一个尴尬交给司法机关。熊归林听了，也不好说什么，无论与车祸有没有关系，毕竟还是要尊重法律的裁决。

王洛基看熊归林没有说话，就继续说："我们在调查刘丹丹车祸的过程中，发现了另外一件事，要向您求证一下。"

熊归林说："只要有利于破案的，我都愿意配合。"

王洛基开门见山地说："您这里是不是调取了行测会的数据？"

熊归林一时语塞，不知该怎么回答，不过他最后还是矢口否认："不知道你在说什么。"

王洛基说："我们研究了你的穿戴式设备，可以扫描人的大脑。"

熊归林说："扫描了又怎样？没有你们的分析模型，扫描到的数据还不是一堆乱码？"

王洛基一听，话都说到这份上了，这就是互相威胁了，于是说："熊总，我的意思并不是来为难您。我们需要这些数据，希望您能共享。我们本来就在一条船上。"

熊归林想了想，说："你们今天来兜了这么大的圈子，就是想要数据？"

王洛基说："我们本来不想兜圈子，刚才说得有点激动了，世非失言了，请熊总包涵。"

熊归林说："我要这些数据也没什么用，倒是可以给你们，你们有什么用？"

王洛基看了看安以睿，安以睿说："熊总，我们现在只是通过数学模型还原了一些记忆片段，还需要继续研究人的心理机制。记忆是一些相对静态的数据，而心理机制的形成是动态的，非线性发展的，这需要大量的数据去训练模型。"

熊归林听了，摇摇头说："我也听不懂，你们自己拿着研究吧。"

王洛基和安以睿一阵窃喜，没想到这么快就谈妥了，本以为大功告成，但是一直沉默的于世非突然问道："熊总，你说要这些数据没用，那你为什么花这么大的精力搜集这些数据？"

熊归林听了，幽幽地说："我在找一个人。"

于世非又问道："找人？"

熊归林说："是的，我在找我的女儿，她在4岁时候失踪，我怀疑她被人拐跑了。"

王洛基听熊归林这么一说，突然想起一件事……

4年前（也就是2044年）的一天，王洛基突然接到了熊归林办公室的电话，对方自报家门："王院长，我是归林集团的熊归林。"

王洛基很惊讶，归林集团大名鼎鼎，是医疗器械行业的龙头老大，熊归林也是商界巨子，响当当的大人物，怎么突然打来了电话？王洛基赶紧说："熊总好，有什么事请讲。"

熊归林却说："没什么事，人类智力研究院是我们公司的大客户，我想请您吃个饭，这是我们公司的传统。"

王洛基觉得有点奇怪，智研院的采购并不多，谈不上大客户，不过既然熊归林亲自打电话来，这么大的情面，只好答应了。

双方约定好，几天后，在熊归林的一个私人会所见面，让王洛基意外的是，会所的一个独立房间里，居然只有熊归林一个人，没有任何随从。双方先是吃饭，然后又是喝茶，都是闲聊，也没有什么正经事，但是聊得很投机，相谈甚欢。

直到最后，熊归林突然说了一句："王院长，我偶然听到一些事情，不知道真假。"

王洛基问道："什么事？"

熊归林神神秘秘地说："我听说你们帮助省厅破了个大案。"

王洛基惊讶道："听谁说的？"

熊归林笑笑说："这个不重要。"

王洛基沉默以对，毕竟是高度机密，不能随便证实的。

熊归林也没有再问，只是说："走在街上，人来人往，熙熙攘攘，看着一个个道貌岸然，实际上有很多都是犯罪分子。如果有一个照妖镜，照一下就知道是好人坏人就好了。"

王洛基笑笑说："成年人的世界里，好人坏人不好分清。"

熊归林说："至少应该照出来哪些是犯罪分子。"

王洛基想了想说："尽管是个科幻，但是也不是没有可能。"

熊归林眼前一亮："有可能吗？"

王洛基说："按照现在的扫描技术，可以把大脑的结构扫到纳米级，只要我们能够解码记忆存储序列，就能知道哪些人是犯罪分子。"

熊归林说："如果你开展这方面研究，我可以以私人身份资助。"

王洛基说："研究过程恐怕有点不合法。"

熊归林笑了笑，说："合法的、合乎伦理的，不一定合理。"

熊归林的话让王洛基陷入深思……

王洛基思绪又回到现在，他此时才明白了熊归林当初的良苦用心。

三人与辞别熊归林，回到人类智力研究院。安以睿对王洛基和于世非说："现在看起来，揭发关立森的匿名信十有八九是熊归林写的，我们已经和熊归林达成了私下交易，这个信息也不能披露给关立森和警方了。我没法交代关立森，世非没法交代白先勇。"

王洛基沉思良久，说："关立森好办，他在监狱里，信息渠道比较单一，只能从安以睿这里得到信息，你编个故事就能打发他。"

安以睿摇摇头说："恐怕不行，关立森可是数学教授，不是那么容易骗的。万一故事露出破绽，他可能会把我们拉下水。"

王洛基说："那就把故事编得好一点。我们还有别的更好的办法吗？"

安以睿和于世非都无言以对。

王洛基又说："难对付的是白先勇。"

于世非说："不难对付，我自有办法。"

王洛基说："世非，说说你的计划，我们一起参谋，这样更保险。"

于世非说："不必了，反正不会影响到你们。"

却说于世非扫描完了刘丹丹的大脑后，解码了所有记忆信息，自己关起门来观看。这一看，很多事情变得匪夷所思起来：他看到刘丹丹记忆中有一幕是接到了一个恐吓电话，是她的一个追求者，刘丹丹告诉他已经有男朋友后，他非常愤怒，扬言要杀死她……他又看了一些其他的记忆，这个男人多次骚扰刘丹丹……他看着看着，怒火中烧。随后，于世非开始怀疑：难道这个车祸另有原因？他又一遍一遍地看刘丹丹被那个男人骚扰后的惊慌失措，看到被车撞倒后一闪念间自己的形象飘过，他下定决心，一定要查清真相，而且要复仇……

于世非约了白先勇，这次是在白先勇的办公室接待了于世非，而不是审讯室。于世非到了的时候，白先勇还埋头在一堆资料中，看到于世非进来，白先勇赶紧开始收拾资料，于世非也不敢偷瞄，规规矩矩地坐在较远的座位上，等着白先勇忙完。

白先勇收拾完毕后，抬头看了看于世非，问道："有线索了？"

"有了，我怀疑刘丹丹的车祸与熊归林有关。"

白先勇吃惊地说："你是说车祸不是意外？"

"是的。"

"这可不是乱说的，你得有证据。"

"我没有证据，我只能给你提供思路，证据需要你们去调查。"

白先勇想了一会儿，说："熊归林？为了掩盖？"

"是的。"

"你还知道多少，都告诉我，我来调查。"

"我知道得不多，我只知道王洛基接到过熊归林的威胁电话，让我们不要多管闲事，然后刘丹丹就遇到车祸了。刘丹丹的死是熊归林向我们示威。"

"你们多管什么闲事了？"

"可能是熊归林不希望安以睿继续做关立森的心理咨询，怕关立森泄露出去什么信息。"

"那么关立森跟安以睿说了什么了？"

"我不知道，心理咨询内容是保密的。"

第十四章　研究深入

　　于世非与白先勇分别后，心事重重地回到家。马玉菡还在家里休假，她最近也是心不在焉，干什么都打不起精神来，一直想着跟于世非的关系。前一段时间，她不想失去于世非，努力地争取他，而现在她又觉得即使得到，也是索然无味。她觉得心好累。

　　于世非走进屋，马玉菡站起来，用淡淡的口气问："回来了？"

　　于世非说："嗯。"然后便不言语了，随后脱下外套，径直走进书房，关上了门。

　　马玉菡心中突然火冒三丈：是你于世非出轨，现在倒给我端起架子来了！她按捺不住，一把推开书房的门，冲进去吼道："够了，我们分手吧！"

　　于世非正在书桌前，背对着门，听到这一声吼，吃了一惊，转过头，看到怒气冲冲的马玉菡。他愣了一下，说："玉菡，我们本来就分手了啊。"

马玉菡又高声喊道："那你还回家来干什么？"

于世非皱皱眉头，说："你冷静一下，我们现在已经分手了，是你说要复合，我说给我一点时间，所以，我们还在一起相处。你不觉得我们现在只是朋友吗？我们不睡一个屋了。"

马玉菡竟不知道该说什么，她的泪水喷涌而出，然后哽咽着，平静地说："好吧，我觉得没有相处的必要了，我不想复合了，我们正式分手吧。"

于世非看着泪眼婆娑的马玉菡，不由地心生怜悯。听到她说"正式分手"，才突然觉得心头被撞了一下，好像要永远失去什么了。他仔细端详着马玉菡，精致的五官、玲珑的身材、优雅的气质，外形正是他理想的模样。但是一想到她的倔强，他又有点畏惧。此时，他闪过一个念头，要是马玉菡能像刘丹丹那样就好了，他可以拥抱着这个漂亮的皮囊，与那个乖巧的灵魂交谈。他不禁为这个邪恶的想法打了一个冷战……

王洛基拿到熊归林所有的数据后，如获至宝，他打开一看，在4年时间里，足足有8万人次的大脑扫描记录，这可是非常难得的，他甚至在这些人里找到好多熟人……

王洛基马上召集了于世非和安以睿，商量怎么开展研究。

安以睿看到这些数据的时候，也很兴奋，不过他还是隐隐地有点担忧："王院长，掌握了这么多人的隐私，我们在走向不归路。"

王洛基不以为然地说："只要侵犯一个人的隐私，我们就走向了不归路，现在只是数量上有所增加，本质上没有变化。"

安以睿只好说："但愿这些隐私能在科学上有所帮助。"

"安医生，其实我不认为这是在侵犯隐私。"

安以睿很惊讶，说："那您认为这是？"

"假设你是一个妇科医生，那么你会看到很多女士的私密部位，大家会认为你在侵犯她们的隐私吗？"

"当然不是，这是我的职责所在，这是专业的。"

"是的，我们也是专业的，这也是我们的职责所在。我们不会对外泄露，只是用于科研目的，你觉得这是侵犯他们的隐私吗？"

"我不同意您的看法，妇科医生征得了妇女的同意，而我们调取别人的记忆并未征得别人同意。"

"妇科医生检查是针对特定对象的手段，且有可能对她造成伤害，所以需要征得她的同意。而我们检查行为并未对他们造成任何伤害，无论是生理上还是心理上，所以，有征得他们同意的必要吗？"

安以睿一时答不上来，但他不住地摇头，显然并不认可。王洛基问道："安医生，你不同意我的说法？"

"我不能同意，不过您不要误会，我同意调取这些隐私，但我认为我们应该受到良心的谴责，而不能如您这样觉得理所当然。"

王洛基笑了笑，不再说话。此时，一直沉默的于世非哼了一声，略带玄机地说了一番话："知识分子总是能构建一套生存哲学，为自己的行为辩解，让自己感觉到舒服，有时候尽管这套生存哲学已经违背了常识，但是从逻辑上却无懈可击。而没有多少知识的人反而能尊重常识，不会用一套狡猾的价值观来为自己开脱。仗义每出屠狗辈，负心多是读书人，大概就是这个原因。"

王洛基和安以睿听他发表完这番议论，都没有回应，不过都在思考他到底在指代什么。大家沉默了一会儿，王洛基说："那么，我们就制订一下研究计划吧。首先，我们的模型经过这么大量的数据训练，肯定能够更加精确。我们之前只能解读记忆，通过训练，说不定能够找到修改记忆的方法。"

安以睿突然也来了兴致："我觉得，还需要考虑记忆的调取过程，也就是突触的作用。很多心理问题，都是因为一些不好的记忆调取得过于频繁，或者调取得过于强烈，让患者形成了偏离正常的思考模式。如果我们能找到突触与记忆调取之间的精确关系，说不定可以从生理上直接治疗心理疾病。"

王洛基看了看于世非，示意他提一下看法，于世非直起身子，问道："熊归林的数据都是全脑扫描吗？"

王洛基说："是的，非常难得，全部是全脑扫描，包括信息存储区域和突触，以及其他的生理构造，都有。"

于世非说："我觉得可以深入研究一下，用3D打印技术来修复一些受损的大脑区域。如果成功的话，一些大脑器质性的疾病也可以通过3D打印来治疗了。"

王洛基也兴奋地说："这是一个好的思路，正好你是脑外科专家，由你牵头吧。"

于世非点点头。

安以睿按时来到看守所，去见关立森。安以睿还没有想好怎么编故事，毕竟关立森可不是轻易能骗过的，所以，这次他决定再搪塞一下，等到故事编好来了再从头讲给他。

关立森显得有点疲惫，他拖着脚镣走出来，坐在座位上，一声不吭。安以睿问他："你生病了吗？"

关立森抬起头，说："没有。"

"焦虑症又犯了吗？"

关立森摇摇头。

"怎么情绪这么低落？"

关立森垂着头，盯着桌子说："我的律师告诉我，情况不乐观，可能难逃死刑。"

安以睿轻声笑了一声，说："难道你没有心理准备吗？你的罪行你自己不清楚吗？"

关立森直勾勾地盯着安以睿，说："我有办法活下来。"

安以睿对他的盲目自信觉得不可思议，没有说话，关立森继续说："说说你的调查吧。"

安以睿清了清嗓子，同时也是快速地盘算该说什么，然后他说："有了一些线索，但是都不确切。"他不想说一些确定性的话，给后面的故事留下一些调整空间。

"什么线索？"

安以睿缓缓地说："我是从行测会的穿戴式设备开始查的，这个设备是熊归林赞助的。"

"不出所料，熊归林和行测会有勾结。"

安以睿不想确认这一点，于是他说："还不能确定是否有勾结，其实这个设备到底有什么功能，还不清楚。"

关立森有点失望，说："你只调查了这一点点？"

"我会加快进度，现在没有一个很好的切入点。"

"切入点？我来提醒你吧，一是穿戴式设备是个切入点，二是刘丹丹的车祸也是一个切入点。"

安以睿心中一惊，不由地问道："你怎么知道刘丹丹去世了？"

关立森得意地说："我的律师告诉我的。"

安以睿这才意识到关立森不只他这里一条信息渠道，还有律师这一条渠道。不过他转念一想，在大脑扫描这一块，律师也不可能知道太多，也许不用太慌乱，只要时刻考虑到与那一条渠道的信息不要冲突就好。

关立森看安以睿没有说话，语气强硬地说："安医生，我的判决快下来了，我可能很快被执行死刑，我不想糊里糊涂地去死。"

"我会加快进度。"

"没有其他事情，我就回去了。"关立森作势便要起身。

安以睿突然想起一事，说："我还有一件事，要跟你商量。"

关立森坐下来，盯着安以睿。安以睿说："我向你告知调查结果，但是我有一个要求。"他停下来，看到关立森并没有马上回绝，于是又说："我的要求是你需要向我披露你所有的作案细节和你的感受。"

关立森犹豫了好一会儿，然后问："你会发表？"

"不，不，我会替你保密，我只是想研究一下你这种人的心理状态。"

关立森淡淡一笑，说："你不要误会，我希望你能发表。"

安以睿有点惊讶。关立森已经起身了，他站起来后转过身子，背对着安以睿说："我答应你。"然后按响了回监牢的门铃，门很快打开了，关立森在一名警察的押解下走进去。

安以睿盯着关立森的背影，心里琢磨着：一定要编一个精彩的故事，看看我的故事精彩还是你的故事离奇。

离开看守所后，已经是下午4点了，安以睿直奔王琪琪的公司。王琪琪已经搬离了学校，刚刚应聘入职一家广告设计公司。

安以睿已经和王琪琪约定了今天要带她回家吃晚餐，也要去见见毛毛和保姆。一路上，他有点提心吊胆，他担心毛毛会不接受王琪琪，毕竟毛毛和陈朵的感情那么好，现在王琪琪突然闯进来，心里肯定会不舒服。

安以睿到了王琪琪公司的时候，已经是下班时间了，他把车停到她公司楼下，等着王琪琪下楼来。不一会儿，王琪琪穿着一身职业装，从楼门走出来，径直向他的车走过来，他下了车，接过她手中的包，为她打开了车门。王琪琪坐在副驾上，安以睿也上了车。

安以睿开玩笑地问道："要去见毛毛了，你紧张吗？"

王琪琪笑着说："应该是你紧张啊，要是我们俩处不好，看你怎么办。"

安以睿不再说话，扭过头发动了汽车。

王琪琪收起了笑容，停了一会儿，不禁又问道："你会怎么办啊？"

安以睿还是没有回答，其实沉默就是回答，王琪琪也知道答案，血缘关系岂能割舍，所以也陷入了沉默。

一路顺畅，很快就到家了，两人下车后，王琪琪对着汽车的后视镜整理了一下容妆，然后又问安以睿："形象行吗？"

安以睿抱抱她的腰，说："美极了。"

王琪琪又说："不是你们男人的角度，从小女孩的角度看。"

安以睿开玩笑地说："那你应该打扮得像芭比娃娃才行。"

王琪琪扭了一下安以睿的胳膊，然后挽起他的手臂，向楼梯走去。

一进家门，让安以睿傻眼的是，陈朵也在！毛毛正在和陈朵玩折纸游戏，看到安以睿回来，抬起头喊道："爸爸回来了。"然后盯着王琪琪。陈朵也站起来，局促地说："刚刚毛毛让我过来陪她……我家里还有事，我先回去了……"

安以睿一时有点不知所措，只好对陈朵说："再坐会儿吧，陈朵，我介绍一下，这是王琪琪……琪琪，这是我们隔壁的陈朵。"
陈朵和王琪琪互相点头致意。

然后，安以睿又对毛毛说："毛毛，这是琪琪阿姨。"

毛毛对王琪琪说："琪琪阿姨好。"然后又去折纸了。

这时厨房里的保姆阿姨也走出来，说："安医生回来了？"安以睿又介绍了保姆和王琪琪认识。

王琪琪天性敏感，对这一幕的尴尬气氛已有察觉。安以睿忙着张罗各位就座，倒茶。陈朵以家里有事告辞了。那边保姆阿姨又转身进了厨房，忙着做菜去了。

王琪琪坐在沙发上，对正在折纸的毛毛说："我们一起折吧。"

毛毛把一张纸推给她，说："你用这张纸吧。"

王琪琪又问她："你在折什么呢？"

毛毛说："千纸鹤，陈阿姨教我的。"

安以睿听了，有点尴尬，尽管他已经跟毛毛说了很多王琪琪的事情，就是为了让毛毛有个心理准备，但是他也能预料到毛毛还是会留恋陈朵。而且刚才陈朵说是毛毛让她过来的，他心里清楚，肯定是这个小丫头在捣乱。按照陈朵的性格，如果知道王琪琪回来，肯定不会过来的。

他又暗中观察了一下王琪琪，她自己正在摆弄折纸，毛毛也在自己玩自己的，两人没有什么互动。王琪琪折完一张纸，对着毛毛说："看我折的小狐狸。"毛毛看了看，没有说话，只是向她展示了一下自己折的千纸鹤。

王琪琪站起身，拿过来自己的包，掏出一个非常精致的小鹿形状削铅笔刀，说："毛毛，我给你带了一个礼物。"这可是安以睿指点她买的礼物，毛毛喜欢搜集各种削铅笔刀，安以睿知道她一定会喜欢这个礼物。不出所料，毛毛看到这个小礼物，眼前一亮，拿在手里翻过来倒过去看了好一会儿，说："真漂亮。"然后又礼貌地说："谢谢琪琪阿姨。"

王琪琪笑着拍了拍她的肩膀。安以睿看在眼里，不由地喜上心头，看上去情况在好转。

晚餐时间，保姆一个劲儿地夸王琪琪漂亮，言语客气周到。保姆与陈朵私人关系也很好，但是毕竟是成年人，知道不该管的事情不要管，所以，尽管心里有点失望，但是还是得维护周全雇主安以睿。

安以睿渐渐地放松下来，刚才陈朵的意外出现引起的紧张也慢慢地消散了。他看着王琪琪，有说有笑的，没有什么异常。

其实王琪琪并没有他想的那么轻松，她在迈进这个门之前，对于自己处理这些问题还是很自信的，但是，身处其中，她突然发现那种熟悉的感觉又回来了，紧张、局促、看人脸色，甚至夹杂着一种不公平感，这种感觉太熟悉了，只要它一出现，她就很警觉，想尽快逃离。

她边吃菜边在想，自己为什么要介入这些复杂的关系？真的有那么爱安以睿吗？到底是依赖还是爱？跟安以睿在一起很放松，也能调适到舒服的心理状态，是自己这么多年来没有过的放松和舒适，她爱上了这种感觉，也爱上了这个人。但是，在这个屋子里，她又失去了那种放松和舒适，她开始怀疑，她还爱不爱这个人？还有，刚才那个陈朵，那种尴尬的表现，还有那些刻意保持距离的举动，都不寻常，女人的直觉告诉她，这个女人有一种情敌的气息。

　　她又抬头看了看安以睿，她觉得需要重新认识这个男人，自己对他的了解太少了。

　　饭后，毛毛给她演示了卧室的星空灯，并且告诉她这是陈朵阿姨送的，王琪琪心中那种不安的感觉又突然变得很强烈……

第十五章　打印大脑

又快到了与关立森见面的时间了，安以睿还是没有想好怎么编一个能说得圆的故事，他对关立森太熟悉了，他知道要骗过关立森没有那么容易，况且关立森还有律师这一信息源，稍有不慎就穿帮了。万一穿帮，关立森可能会反咬他们，举报他们扫描大脑一事，那就麻烦了。他想找于世非商量怎么去编这个故事。

于世非已与马玉菡分开，他从马玉菡的住所搬出来，在河边租了一间小屋躲起来了。没有了与马玉菡感情的纠纷，清静了不少，他一边想着怎么查清刘丹丹死亡的真相，一边研究着3D打印大脑的问题。

安以睿到了于世非家，于世非招呼他坐下。安以睿打量了这间屋子，屋子很小，一间卧室、一间客厅，客厅已经成了于世非的书房。厨房和卫生间都很小，适合一人独居。窗户不大，采光不太好，屋子显得有点暗。陈设简单有序，基本没有多余的摆设，所以，尽管空间不大，但是也显得很空旷。

安以睿坐定后，问道："跟玉菡彻底分手了？"

于世非尴尬地笑笑，说："什么叫彻底分手？还有不彻底的分手？"

安以睿也笑了："玉菡不是还要争取你吗？"

于世非冷笑一声，说："人家又放弃了。"

安以睿看了看于世非，根据他作为心理医生的职业判断，于世非的情绪还好，并没有很低落，所以，他也就不再想继续聊这个话题了，毕竟是人家的私事，多说无益。于是他直奔主题："我这次来是想跟你商量一下怎么跟关立森编故事。"

于世非想了想，说："确实是个难题，说实话容易，说假话难。"

安以睿说："不能暴露熊归林，只能讲行测会的故事了，我们假定行测会给警方写了匿名举报信？"

于世非听了，盯着面前的茶几，沉思良久，说："我们要推演一下，我们告诉关立森的故事，关立森很有可能会告诉警方，所以，如果我们说匿名信是行测会写的，那警方就会调查行测会，到时候还会牵扯到熊归林。"

两人还是一筹莫展，静静地喝茶。突然，于世非说："我们是不是可以换个思路？"

安以睿带着好奇的眼神看着他，于世非继续说："我们一直在纠缠匿名信是谁写的，可不可以这么考虑，根本就不存在匿名信？"

安以睿问道："告诉关立森不存在匿名信？但是警察告诉关立森匿名信的事情了啊……"他边想边说，"而且，怎么解释警方会提前知道关立森的行动呢？"

于世非说："关立森只是听警察说有匿名信，又没有亲眼看到。至于警察提前知道他的行动，也可以说警察并没有提前知道，但是早就怀疑他了，一直盯着他，所以就抓了现行。"

安以睿说："那么怎么解释警察会向他撒谎呢？本来没有匿名信，却说有匿名信？"

于世非想了一会儿，说："可以这么说，警察拿出匿名信这件事情，是在掩盖他们非法取证的过程。"

安以睿说："警察通过不合法的渠道知道了关立森的身份，然后抓了关立森的现行，为了掩盖警方获取信息的不合法，他们炮制了匿名信这个环节？"

于世非问："是不是可以说圆了？"

安以睿又想了一会儿说："很多细节需要完善，但是这个故事有两个优点，一是把矛头指向警方，这样会造成关立森与警方的对立；二是避开了匿名信的来源，这样就可以避免把警方的调查引到任何一个人或者组织。"

于世非又说："还得考虑故事穿帮了，怎么应对。"

安以睿说："我会向法庭作证，关立森有妄想症，他讲的事情都是他自己妄想出来的，没有任何根据，我也不会承认是我告诉他的。"

于世非点点头，说："看起来这个计划还不错。"

两人又聊了一会儿，很多细节也反复打磨了一下，已经越来越是一个成熟的故事了。

此时，已到中午，安以睿望向窗外，太阳照在穿过市区的河面上，反射出波光粼粼，这副美景不由得让人心旷神怡，此时他想起了王琪琪，也想起了自杀的前妻。想了一会儿，他跟于世非说道："世非，很多事情都会过去的，我们总会越来越好的。"

于世非看了看他，意味深长地说："是的，越来越好，不过我们不能等待好运降临，我们需要去创造。"

安以睿收回思绪，转头盯着于世非，说："保持积极总没有错，但是也要接受命运的安排。"

于世非没有答话，而是说："你了解3D打印吗？"

安以睿说："了解一些，没有太多的研究。"

于世非起身走到书桌，拿过一本书来，放在茶几上，说："大脑的扫描技术、数字复原技术和3D打印技术都已经成熟了，难点在激活。"

安以睿看了看书的封面，写着"人类大脑3D打印技术进展"，他很好奇，问道："什么激活？"

于世非说："现在的科技可以细致地扫描一个人的大脑，然后可以把扫描结果做成数据模型，也可以依照数据模型打印一个完整的大脑，但是这个大脑无法激活，是个死的。"

"难点主要在哪里呢？"

"一台电脑，硬件很完整，但是如果没有开机程序，开机了没有软件安装，还是一堆废铁。"

"我不太懂数学模型，但是我怀疑，如果按照王洛基的模型构建开机程序的话，应该不算难。"

"是的，只要构建一套脑干部位的突触连接模型，就可以通过人工激活程序激活脑干，让大脑开始指挥内脏开始运作。"

"但是这还是植物人的状态，只有脑干在工作，没有意识。"

"理论上只要3D打印出来的大脑很完整，没有丢掉任何一个分子，那么按照王洛基的模型模拟激活程序，整个大脑的激活也是可行的。"

安以睿很惊奇，他甚至惊奇地不知道说什么，呆呆地想了半响，才说："也就是说，我们可以3D打印一个活人？"

"大脑是最难打印和激活的，大脑的打印和激活突破了，其他器官没有什么问题。"

安以睿睁大了眼睛，陷入了震惊之中。

两人又闲聊一会儿，安以睿辞别了。于世非正要继续研究他的3D打印问题，这时突然接到了白先勇的电话，让他到警局一趟。于世非心中略有些忐忑，白先勇发现了多少证据？到底有没有能拿得住熊归林的证据呢？能拿得住熊归林是他计划的关键一个环节。

他驱车到了警局，走进白先勇办公室。坐定后，白先勇盯着于世非看了好一会儿，看得于世非心里有点打鼓，为了掩饰自己的不安，他问道："白警官，有什么问题吗？"

白先勇说："我调查了刘丹丹的车祸，没有发现与熊归林有关的证据。"

"您认为这个车祸就是意外？"

"这倒不是，是不是意外我还不能确定，但是没有什么证据指向熊归林。"

"不管多严密的计划，总会有蛛丝马迹的。"

"你不用怀疑我们的专业水平，如果是谋杀，我们不会放走犯罪分子的。"

于世非没有说话。

白先勇停了一下，又说："如果你认为是个意外，也可以提供一些其他的线索，比如，刘丹丹生前还有没有跟其他人有冲突。"

于世非想了想，说："据我所知，没有。"

白先勇看了看于世非，他脸色还不错，刘丹丹的去世给他造成的痛苦似乎减轻了，于是他说："于博士，我们会继续调查，你放心，如果有犯罪行为，我们一定不会放过。当然，如果确实是意外，我们也不能冤枉好人。"

于世非没有理会他的话，直接问道："你们现在有什么线索？"

白先勇犹豫了一下说："办案的细节我不能向你透露。"

"我可是刘丹丹的男朋友，我不是无关人员，我能配合你们，帮你们分析线索。"

白先勇犹豫了一下，说："我们调查了肇事司机，目前发现的与熊归林唯一有关的证据是，前一段时间，肇事司机与熊归林公司的一个高管有过一次单独接触，但是他供认说，只是谈一点事情。"

于世非又问："谈什么事情？"

白先勇摇摇头说："正常的一点生意。我不能跟你说太多，你没有权限知道办案的细节，总之，这一条线索没有什么价值。"

"那这样，你告诉我，这个高管叫什么，说不定我能帮你搜集一点信息。"

白先勇沉默了一会儿，又盯着于世非看了好一会儿，然后说："谭功世。"

于世非心中暗暗盘算：我要的是拿得住熊归林的线索，而不是确切的证据，看起来这个线索有用。

却说安以睿去了看守所，照例会见了关立森。

关立森戴着手铐脚镣坐定后，也没有寒暄，便问道："有什么进展？"

安以睿犹豫了很久，说："我也不骗你了，告诉你实情吧。"

关立森很惊异，不由地说："骗我？"

安以睿沉默了一会儿说："其实你在人类智力研究院做扫描的时候，我就知道你是罪犯了。"

关立森并没有很意外，说："我猜到了。"顿了一下，又说，"不过，我在最后一次作案之前并未去人类智力研究院扫描，所以，你们不可能扫描到我去找红衣小战士的计划。"

安以睿说："不是这样的，我们扫描到就报警了，后来警方一直盯着你，所以，就抓了现行。"

关立森有点吃惊，他愣了一会儿，说："那匿名信怎么回事？"

"根本就没有匿名信，我们的研究是国家支持的秘密项目，有保密特许，警方只能保守我们的秘密，所以才炮制出匿名信的情节。"

关立森还没有从震惊中恢复过来，他目光呆滞，似乎陷入了深思。

安以睿看他不说话，于是说："我们可是约定好的，我告诉你调查结果，你告诉我你的作案过程和想法。"

关立森缓过神来，说："等会儿，我再确认几个事情。"

安以睿有点忐忑，关立森是不是已经识破了，尽管他在会见关立森之前心中反复演练了好多遍这个故事，但是还是对于这个故事的严谨性不太自信，尤其是想到过去在与关立森沟通中领教过他的聪明，更是提心吊胆。安以睿故作镇定，等着他发问。

"匿名信是后来补发的？"

"是的。"

"这不可能啊。"

安以睿心中一惊：他有确切的证据了？他装作不动神色，且看他怎么说。

关立森又说："我的律师看到了匿名信，他刻意看了邮件发送的时间，是在我作案前发的，邮件服务器上的时间记录是不可能造假的。"

安以睿不知道该怎么回答，不过他很快就有了主意，巧妙地说："那是警方的事情了，我也不知道。"

关立森又陷入了深思，过了一会儿，又问道："有没有一种可能，你们报警之后，警察在盯着我，但是行测会也扫描到了我的大脑，然后他们发了匿名信，警察根据匿名信抓到了我？"

安以睿坚定地说："不可能，我们的研究项目是国家机密，不会向任何机构透露的。我们调查了行测会，他们的穿戴式设备根本就不可能完成纳米级扫描的任务。"

关立森似乎有点相信了，他边沉思边微微地点头。然后他又问道："那你之前跟我说的那些，都是骗我的？"

"是的，我本来不想告诉你。"

关立森不解地问道："那为什么又突然愿意告诉我了？"

"为了得到你的故事。"

"你完全可以从媒体上读到我的故事啊。"

"不，我需要第一手资料。"

关立森还是有点犹疑。

安以睿补充道："还因为，其实你已经猜到我们扫描你的大脑了，所以，我只是告诉你一个你已经猜到的信息。而且，你也不久于人世了，告诉你也没关系，这些故事会随着你烂在土里。"

关立森笑了笑，说："你就用这一点故事，换取我所有的故事？"

"这是你答应过的。"

"我要听到全部。"

"什么全部？"

"你们的整个研究项目。"

"我不能泄露国家机密。"

"那我也不能向你泄露我的个人隐私。"

安以睿与关立森四目对视，针锋相对。安以睿心中盘算：我是不是还要继续给他编故事，来换取他的故事？继续编下去，会不会露馅？他转念又想：露馅了又怎么样呢？一概否认就行啊，他手里也没有什么实在的证据。

想到这里，安以睿满有信心地说："好，我告诉你全部项目信息，你告诉我你的作案经历。"

关立森说："一言为定。"

会谈结束时间到了，一个心理医生，一个重刑犯，这次谈话居然有意犹未尽的感觉。

安以睿离开看守所后，直奔王琪琪公司，他这几天感觉王琪琪对他有点回避，他有点担心，是不是王琪琪对毛毛有点介意？但是最近一直在忙工作，也没有空去找她。今天，无论如何，要去找她聊聊了。

安以睿停车到王琪琪公司楼下，给她打了电话，就在车里等着。不一会儿，王琪琪走出来，上了车。她看上去心事重重，安以睿问道："你怎么了？不开心了？"

"没有啊。"

"我们去吃晚饭？"

"我不想吃，你送我回家吧。"

安以睿揽着她的肩膀，问道："怎么了，琪琪？"

王琪琪没有说话。作为心理医生，安以睿已经猜到了八九分，王琪琪对于处理与毛毛的关系估计过于乐观了，现在有点知难而退了。安以睿想争取，他不想失去王琪琪，也不想让她难过。

安以睿摸了一下王琪琪的头发，说："琪琪，见了毛毛以后，是不是有压力了？"

王琪琪转过头，看了看安以睿，说："不是那种普通的压力，是一种熟悉的感觉，很不好的感觉，有点像抑郁。"

安以睿有点吃惊，他没想到王琪琪的情况这么严重，他一直以为王琪琪会有点压力，只要自己多安抚，慢慢就会适应的，毛毛也逐渐大了，懂事了，也有保姆照顾，王琪琪只要跟毛毛维持正常的交往就可以，并不一定要多么亲密，所以，他一直觉得，毛毛不会给王琪琪造成多么大的困扰，但是他没有想到王琪琪有这么大的情绪波动。此时他又想到了一个心理学现象：抑郁症患者总是会过于频繁、过于强烈地调取一些不好的记忆。与毛毛的一些尴尬，可能又让王琪琪调取了过去家庭中一些紧张的回忆，勾起了她的抑郁症。

面对王琪琪的心事，安以睿一时倒不知道该说什么了。

第十六章　计划已定

　　王洛基拿到8万份的大脑扫描数据之后，兴奋异常。过去几年里，从殡仪馆取得人类大脑总共才3000多份，扫描活人更是寥寥几份，数据量太少，严重制约了模型的调试。现在一下子拿到这么多数据，他可以设计多个维度的研究思路，尤其是构建记忆的修饰模型，更是他感兴趣的。过去的研究表明，对于记忆数据的修改是非常困难的，因为数据之间有非常复杂的联系，互相钩稽调用，如果修改一处，就会导致数据网络的坍塌，这样意识就会混乱，从表观上看，人就会是疯子了。

　　现在他可以仔细研究数据之间互相调用的机制，如果这种机制研究得足够清晰，那么就可以修改部分数据，而整体不受影响。经过多次运算、调试，现在研究终于有了一些眉目，而且越来越顺利了。

他正在办公室埋头于模型的运算，突然，马玉菡敲门进来，问："王院长，现在方便吗？"王洛基说："方便，玉菡，进来坐。"王洛基看了看她，形容憔悴，不过妆容还是很精致，穿戴也很得体。王洛基请马玉菡坐下，又遥控了服务机器人倒茶，然后坐在马玉菡的对面，问道："玉菡，你休完假了？"

　　马玉菡说："休完了。"

　　王洛基说："最近正缺人手，我们的研究又深入了，你回来可以马上投入研究……"

　　马玉菡打断他："王院长，我这次来是跟您辞职的。"

　　"辞职？"王洛基没想到，"为什么？"

　　马玉菡缓缓地说："也没有什么，就是觉得这里压力太大，我想休息一段时间。"

　　王洛基又问："是因为跟世非的感情问题吗？"

　　马玉菡没有说话，低下头。王洛基想安慰她，但是又不知道该说什么，只好说："我尊重你的决定，也理解你的决定，但是如果你想回来，我是随时欢迎的。"其实王洛基并不喜欢马玉菡这样的员工，太有主见，三观不合，不听话，但是他很尊重她。他说"欢迎回来"这句话有点违心，他不想让她再回来了，但是他也知道，她是不可能再回来的，所以，这就是一句客套，让彼此都有一些空间。

　　马玉菡淡淡一笑，说："谢谢王院长，那我就告辞了。"

　　送走马玉菡后，他召集了于世非、安以睿一起开会。王洛基首先通报了马玉菡辞职的事情，说完后，王洛基和安以睿都看向了于世非，于世非沉默不语，三个人就这样安静了一会儿，此事就算结束了，马玉菡成了大家的"过去"。随后，大家都转向了学术讨论。

王洛基很兴奋地宣布了自己的成果，通过数据模型的模拟，可以修改部分记忆，而整体的意识不会受到很大的扰动。安以睿听了，也非常兴奋，他知道这一发现可是划时代的，如果能够合法运用的话，可以解决很多心理问题。于世非听了，若有所思，这个研究成果给他的计划增加了一些新的"元素"……

王洛基转向安以睿，问道："安医生，你的研究有什么进展？"

安以睿说："关于抑郁症或者焦虑症，从心理学来讲，都是因为患者构建了一个不好的心理世界，这个世界里充满了痛苦和焦虑，而这个构建的过程有一些生理基础，形象一点讲，就是某些引起痛苦或者焦虑的记忆在大脑里被放在了交通要道上，几乎每个思维过程都要经过这道坎，导致患者无时无刻不在痛苦和焦虑。如果我们通过生理干预把这些记忆从交通要道上移开，心理问题自然会缓解。"

王洛基说："我的研究是重新规划建筑，安医生的研究是重新规划交通，但是我们的研究都停留在规划上，要做到施工，也就是临床，还需要世非的3D打印大脑研究。"

于世非说："我已经和安医生讨论了这个问题，3D打印一个完整的大脑不是什么问题，就像计算机的硬件一样，做出来并非难事，但是操作系统和软件的安装是难点，如何启动脑干工作，如何启动意识，需要我们构建数学模型，并通过脑电波模拟器来带动大脑启动。"

王洛基说："这个我可以解决啊。"

于世非说："是的，我会把我的具体需求发给你，你来构建数学模型吧。"

王洛基看上去非常开心，就像一个孩子一样，抑制不住自己内心的激动，他手舞足蹈地说："我们可以修改一个大脑、甚至重新设计并制造一个大脑。"

安以睿说："最大的问题是合法化的问题，我们的研究都是地下的，如果不能合法化，我们的研究就不可能帮助到很多人。"

王洛基说："我想会有办法的。"

王洛基和安以睿你一言我一语，热烈地讨论起了怎么合法化的问题。而于世非坐在那里，一言不发，似乎已经出神了。

于世非最近总是不断地想调出刘丹丹的大脑扫描数据，仔细地观看，不想放过任何一个细节，他边看边想：如果丹丹活着，就在眼前多好啊。他感觉到，对丹丹的思念越来越强烈。他又看了纠缠丹丹的那个男人，他的名字、身份，都在丹丹的记忆里，他在谋划复仇……

正在呆呆地出神，并谋划着各种方案的时候，突然接到了安以睿的电话，让他过去一趟，有事商量。于世非驱车过去，坐在安以睿办公室，安以睿还在给一位患者咨询，于世非等了一会儿，安以睿推门进来。

待安以睿坐定后，于世非问道："兄弟，什么事？"

安以睿笑了笑说："也没什么事，我想当个红娘，给你牵个线。"

"我现在不想考虑这些事。"

"是马玉菡，她来找我了。"

于世非有点意外，问道："她找你干什么？"

"如果是找我做心理咨询，那按照职业纪律，我是不能告诉你的，但是她找我另有原因。"

于世非有点着急地说："别卖关子了，说吧。"

安以睿笑着说："你还是很在乎她啊。"

于世非才意识到自己有点失态，没有答话。

安以睿继续说："她问我，是不是可以修改记忆。"

于世非惊奇地看着安以睿，没有插话，在等着他继续说。

安以睿顿了一下，观察了一下于世非，似乎在为他留一点缓冲时间，好让他做好心理准备，然后继续说："她想删除和你的记忆，以及智研院的记忆。"

于世非有点惊讶，也有点悲哀，他没有说话，目光呆呆地望着窗外，一动不动。

安以睿又缓缓地说："我之所以告诉你，是想让你考虑一下，是不是可以找她，挽回一下。"

于世非又发了很久的呆，才说："那你给她删除记忆吧。"

安以睿说："我拒绝她了，我说你们交往时间太长了，删除了这些记忆，你的意识会发生非常大的变化，你就不是你了。"

"她说什么？"

安以睿欲言又止，不过最后还是说出来："她说无所谓，她不想做她自己了。"

"不想做她自己"这句话重重地敲击了于世非的胸膛，他差点缓不过气来，同时感觉到耳朵里嗡嗡地响，隐约中又听到安以睿说："你们俩何必互相折磨，你去找她吧。"

告别了安以睿后，于世非恍恍惚惚地回到家，最近发生了太多事，都在他的脑袋里一遍一遍地播映。尤其是马玉菡"不想做她自己"这句话反复在耳边回响，突然，一个念头闪现出来，他不由地打了一个寒战……他又问自己：这样合适吗？不过又有一个声音问自己：有什么不合适的呢？他越想越觉得似乎没有什么不合适，此时他再次想起了那句话"知识分子总是能构建一套价值观为自己的行为开脱"，他知道他自己存在构建价值观为自己开脱的嫌疑，但是他没有继续对自己进行审判。

所以，计划调整一下，就这么定了？他又问自己，然后他突然站起身来，心中有个声音响亮地回答：就这么定了！下一步是什么呢？找到线索敲诈熊归林，然后为刘丹丹复仇，然后……不过此时他还得先跟马玉菡修复关系……想到这里，他拨通了马玉菡的电话，在拨出去的瞬间，他的计划就没有回头路了。与马玉菡约定了一个见面时间后，他又拨通了熊归林秘书的电话，约定了一个与熊归林见面的时间，正好熊归林有空，下午就可以见面。

　　他下午驱车到了熊归林的办公地，径直走了进去，熊归林的秘书安排他坐在会议室里等待，等了大概半小时，熊归林进来了，客气地说："不好意思，让于博士久等了。"

　　于世非站起来，说："不客气，熊总。"

　　熊归林坐下来后，问道："于博士什么事？"

　　"我要跟你谈点私事，非常机密，希望这个会议室足够隐私。"

　　"你放心，有什么事就说吧，我这里的会议室没有任何监控。"

　　"刘丹丹的车祸肇事司机供认了一些事情，可能对你不利。"

　　熊归林惊异地问道："什么事情？"

　　"你公司有一个叫谭功世的人吗？"

　　"有，我的副总。"

　　"他与肇事司机有牵连。"

　　熊归林看着于世非，良久，然后说："什么意思？"

　　于世非说："你不想惹麻烦吧？"

　　熊归林盯着于世非，反复地琢磨这些事，然后说："你直说吧，何必绕圈子。"

　　"给我一个实验室，我需要确认一些事情，搞清楚刘丹丹车祸背后的真凶，为你洗脱罪名。"

熊归林冷笑一声，说："我不需要你洗脱，我没有犯罪。"

于世非针锋相对地说："我知道你不是真凶，但是在刘丹丹车祸之前，你打电话威胁过王洛基，然后就发生了车祸，而肇事司机与你的一个副总过从甚密，你有重大嫌疑，警方已经在搜集证据，并且很多证据已经找我核实了。"

熊归林冷冷地说："你在敲诈我。"

于世非摇摇头，举手做投降状，说："不，你误会了，我知道你是清白的，我对警方怀疑你也很无奈，我想让真凶落网，为刘丹丹报仇，而不是让调查走到错误的路上。"

熊归林问道："你准备怎么办？"

"我需要更多线索，我需要撬开几个人的脑袋看看。"

熊归林沉默不语，过了一会儿，说："警方掌握多少对我不利的证据？"

"我不知道，但是现在你是唯一的嫌疑人。"

熊归林盯着于世非看了一会儿，说："你要建什么样的实验室？"

"3D打印机、纳米级扫描仪和大型计算机……我这里有一份清单。"于世非说着，递给熊归林一张纸。

熊归林看了看，不解地问道："你们智研院不是都有吗？"

"是的，都有，但是我不能用这些仪器做这些事情，我不想让王洛基知道。"

"需要多少钱？"

"两千万。而且，你需要给我安排一个地方，放这些仪器。"

熊归林躺在椅背上，望着天花板，想了很久，然后突然直起身子，说："我在海边有一个别墅，很久没有人住了，我可以给你钱，你安排人采购这些东西，我不想过多地参与这些事。"

"也可以。"

熊归林又问："你有一些谋杀的线索了？"

"有，是扫描刘丹丹的大脑发现的，但是这些线索没有办法提供给警方，我需要得到更多的信息，然后找到几条能提供警方的线索。"

熊归林若有所悟："那也就是说，你从刘丹丹的记忆里，知道某个人有作案嫌疑了？"

"是的。"

熊归林点点头，说："尽快行动吧，我不想惹麻烦，万一惹上刑事案件，尽管我知道自己是清白的，但是媒体会小题大做。"

于世非也赞同地点点头。

于世非告别了熊归林，很快就收到了海外避税天堂的一个账户里转过来的一笔钱。

到了与马玉菡约定见面的时间了，于世非整理了一下自己的衣着打扮，到了曾经与马玉菡在一起生活的住所楼下，楼下有一个小茶馆，他要了一个包厢，等着马玉菡到来。

马玉菡没有迟到，准时到了小茶馆，走进了包厢。两人见面，相对一笑，都落座了。

于世非点了一壶茶，给马玉菡倒了一杯，然后说："玉菡，我最近想了很多……"

马玉菡抬起头，盯着他。于世非不知道该如何开口，他事先预演了很多遍，但是话到嘴边，却又觉得说不出口，只好拿起茶壶，给马玉菡本就很满的杯子又添了一些茶水。

马玉菡看他不说话，就说道："我也想了很多……"然后也是陷入了沉默。

于世非继续说道："过去是我错了，我想再追求你……"

马玉菡低下头，良久，又抬起头说："我们可以试试重新开始。"

于世非"嗯"了一声，然后不住地点头。

此时此刻，马玉菡不知是喜是悲，她与于世非分开后，无数次想过再复合，但是脸面、赌气、怨恨，各种情绪阻挡着她，她想轻装向前，但是这些回忆实在太重了，压得她迈不开步。她甚至想拔除这些记忆，不想做她自己，但是跟安以睿聊过之后，又觉得不太现实。

等到她接到于世非的电话后，感情的大坝瞬间决堤，她答应了于世非的见面要求，她有预料到于世非会提复合，因为安以睿暗示过她会劝于世非回头，所以，她心里已经做好了准备，不想再拒绝于世非了，也不想再让自己如此痛苦。她知道刘丹丹是一个障碍，但是她毕竟已经去世了，于世非终究会把她埋葬的。

聊了一会儿，不觉天色已晚，两人走出去，在路边小摊吃了晚餐，就顺着市中心的河流散步，河水倒映着两岸的灯火，给孤独的人以伤感，给热恋的人以浪漫。于世非和马玉菡看了这些，却是各有各的心思，于世非不由自主地想起了刘丹丹，他似乎看到在这些灯火映照的夜空中，刘丹丹正在看着他，他不敢抬头，怕与她的目光相接。马玉菡却有一种幸福的感觉在心中慢慢地升腾蔓延，在与于世非分手后，她害怕看到万家灯火，这让她更加清楚地感觉到形单影只，而此时，与于世非并肩站在河边，这河水倒映着的每一盏灯光，都像是一个温馨的祝福……

　　于世非扭头看了一下马玉菡，她脸上幸福的微笑突然重击了他一下：跟我分开后，她不想做她自己，但是现在她是不是又想做她自己了呢？这可怎么办？他想到这里，不禁抬头望了望神秘的夜空，与刘丹丹的目光对视了一下……

第十七章　各怀鬼胎

　　王洛基在摆弄这一堆数据的时候，发现了一个现象：很多人的记忆都有关联，比如一件类似于"911事件"那样的大事，有很多人都有相关的记忆，如果把这些相关的记忆放在一起，就可以拼凑出"911事件"的相对完整的经过。他仔细思考了这个现象，突然想起了一件事！他马上拨通了熊归林的电话，熊归林的秘书接起了电话。王洛基说事情紧急，要熊归林尽快回电。不一会儿，熊归林就回电了，王洛基电话里说要紧急见面，熊归林不以为然地说："有什么事这么着急？"

　　王洛基说："关于你失踪女儿的事情。"

　　熊归林在电话里用颤抖的声音说："你快来，我马上回办公室。"

　　王洛基赶到了熊归林的办公室时，熊归林几乎是同时也赶回来了，他们急匆匆握了握手，就快步走向了一间会议室。

坐定后，也没有寒暄，熊归林就问："怎么回事？"

王洛基双手摊开，向下压了一下，示意熊归林先稳定一下情绪，然后说："熊总，先不要激动，我在寻找失踪人员的问题上，有了一些新的思路。"

熊归林迫不及待地问："什么思路？"

"你过去检查了8万个人的大脑，没有发现任何线索，很可能是你的检查方式不合理。"

熊归林睁大了眼睛，静静地听着。王洛基继续说："就像盲人摸象，对于一件事，每个人的记忆都是不同角度的一个片段，我们看到的每个片段，都没有办法识别出整件事情。但是如果我们把相关的片段放在一起，整合一下，就可以还原一件事情的经过。"

熊归林似有所悟，问道："也就是说我可能把一些知情人漏掉了。"

"极有可能。"

熊归林又着急地问道："现在怎么办？"

"你需要向我详细地叙述当时的情景，我会把当时所有的元素输入模型，找到所有与这些元素相关的片段，然后看看是否能从这些人的记忆中尽量多地还原这件事。不过，熊总，我们能还原真相的前提是，这8万个人中恰好有几个人当时看到或者事后听到一些关于你女儿失踪的事情，如果这8万个人里没有人当时在现场或者事后有知情的，那就没有办法了。"

熊归林点点头，王洛基发现他的手在颤抖，王洛基非常理解作为一个父亲此刻的心情。

熊归林平复了一下情绪，慢慢地说："16年前了，2032年，当时她4岁，夏天，我和我妻子带着她，到一个市展览馆看动漫展会，人很多……"

王洛基打断他："她穿什么？"

"白色的小裙子，我记得裙子上还有蓝色的小花，扎着小辫子。突然有人喊，着火了。人群马上就乱了，我抱起她就往外跑，我妻子跟在我后面跑。突然，我被绊倒了，她被摔在地上，哭了，然后旁边一个男人，抱起她来，就往外跑，我边爬起来，边跟着那个男人往前跑，跑了几步，才想起我妻子，我回头一看，我妻子不见了，只好又往回跑了几步，看到她倒在地上，被人踩踏受伤了，我回去拉起她来，背上她往外跑……"

王洛基边听边记，插话问道："那个男人，穿什么？长什么样？"

"长脸，个子很高，很瘦，40多岁，穿着一身运动装，深蓝色的。"他顿了顿，这些回忆似乎让他很痛苦，他不愿想起，但是又努力地回忆，"等到我背着我妻子跑出展览馆的时候，人们聚集在展览馆的广场上，因为我妻子受伤了，我赶紧打了120。我妻子在我背上说，'放下我，快去找豆豆'。"

熊归林说着流下了眼泪，他擦了擦泪，平静了好一会儿，说："然后我把她放在地上，一个女孩子过来帮我抱着她，我站起身，寻找豆豆，但是……再也没有找到。"

熊归林低下头，抽泣起来。王洛基想安慰他，但是所有的语言都太苍白，对于如此大的不幸，语言的安慰太轻飘飘了。

待熊归林止住了哭泣之后，王洛基又问道："你妻子后来怎么样？"

"身体上的伤没什么大碍……"

熊归林的悲惨经历让王洛基也觉得很难受，他甚至有一些自责，在拿到这些数据之后，没有首先想办法去寻找豆豆，而是首先去做其他的研究了。

最后，王洛基说："熊总，我一定会尽力的。"

熊归林抬起头，说："我会提供一切帮助，如果能找到，你就是我的大恩人。"

王洛基回到办公室，拿出笔记本和录音笔，把熊归林的回忆整理了一遍，找出几个关键点：展览馆、失火、小女孩的样子、穿着、那个男人的样子、穿着……他将这些信息都输入了系统，然后从这8万个人的记忆数据里找这几个关键点。

计算机开始运算，因为展览馆失火是非常大的事件，很多人对于这个事件记忆犹新，搜出了很多记忆细节……

然后计算机又开始拼凑这些片段，终于，拼凑出了一个高度吻合的信息，一个中年男人抱着一个女孩子跑走，那个女孩子不停地喊"爸爸妈妈"。王洛基又搜索了所有看到这一幕的大脑记忆，发现居然有一位中年女士认识这个中年男人，这个男人叫作王成卫。

王洛基反复校验了数据，认为没有什么问题了，他拨通了熊归林的私人电话，熊归林几乎是第一时间就接起来，急迫地问："王院长，怎么样？"

　　"我的检测数据显示，当时抱走豆豆的男人叫王成卫，成功的成，保卫的卫。"

　　"我来查。"

　　没有费什么周章，熊归林就查到了几个叫王成卫的，又比对了照片，熊归林一眼就认出了那个王成卫。

　　熊归林立即报了警，并会同警察一起在近郊的一个居民楼找到了王成卫，王成卫供述已经把豆豆卖到了外省的一个山村。熊归林和警察又立即赶到了那个山村，终于找到了豆豆的"家"，豆豆已经外出打工了。

　　警察把所有的犯罪分子全部控制起来。

　　熊归林根据他们提供的信息，很快就在一个沿海的工厂里找到了豆豆，不过她现在叫菱花……

　　王洛基见证了这一切，豆豆的回归更加让他坚信大脑记忆扫描的正面意义。

　　杨虎山得知这一消息后，也给熊归林打了电话。他问了熊归林豆豆的情况，表示对豆豆身体和心理的关心之后，提了一个要求："熊总，你的那些穿戴式设备该撤掉了吧？"

　　熊归林本来已经不关心这些设备了，撤掉就撤掉吧，不过他转念一想，现在是王洛基在使用这些设备传过来的数据，王洛基又是自己的大恩人，这事儿得问问他再决定，于是他说："我考虑一下。"

熊归林随后征询了王洛基的意见，王洛基沉吟了一下，说："撤掉吧，我不想再偷偷摸摸地搞研究了，我决定要实施一个合法化的方案。"

熊归林说："无论你的决定是什么，我愿意资助。"

却说于世非拿到了熊归林的资金后，独自驱车到了熊归林的海边别墅，他检查了周边环境，又把别墅里的一些陈设做了调整，然后雇了搬家公司，把采购好的设备搬进来。他又仔细检查调试了所有的设备，调试到一切正常方才放心。这俨然就是一个可以做大脑扫描、3D打印和脑外科移植手术的庞大的实验室了。接下来就可以实施他的计划了……

安以睿最近心情不太好，王琪琪的抑郁症貌似又在加剧，自己作为男朋友，已经不适合给她治疗了，因为她不可能向自己毫无顾忌地吐露心声，尤其是好多的抑郁情绪还是由自己或者毛毛引起，更不可能让她吐真言了，所以，只能眼睁睁地看着她不开心不快乐。他想跟王琪琪在一起，但是在一起又不快乐；他不想跟陈朵在一起，但是跟陈朵在一起却很快乐。有时候，他感觉很凌乱，爱情的目的之一难道不是给人带来快乐吗？如果不快乐，这种爱情还需要憧憬吗？

他很纠结，当陈朵给他打来电话的时候，他更纠结了。

陈朵在电话里说："安医生，这几天我一直想找个时间给你解释一下，但是一直也没有碰到你，只好给你打电话说说了，那天真的是毛毛让我过去的，我不知道王琪琪要来……"

还没等陈朵说完，安以睿赶紧说："朵朵，你不用在意，王琪琪没有介意。"

"我知道王琪琪没有介意，我是让你放心，我不会打扰你们的。"

"朵朵，你不要客气，怎么又说到打扰不打扰的，我们是朋友，常来常往，打扰什么？"

陈朵在电话里沉默了一会儿，说："安医生，你明白我的意思就好。"

"我明白，朵朵。"

挂断电话后，安以睿觉得很温暖，陈朵很在乎自己的感受，生怕自己有一点不开心，而她自己的感受却隐藏起来。其实安以睿很喜欢跟陈朵聊天，她总是那么善解人意，温柔体贴，但是自己就是对她没有情欲。而对王琪琪，除了不可抑制的情欲，共同语言却越来越少。

他下班后去找王琪琪，一路上，没有想怎么谈情说爱，倒是想了一大堆治疗方案。见到王琪琪之后，看她有点沉郁，安以睿问道："琪琪，你是不是需要治疗一下？"

王琪琪笑着说："治疗什么？"

"你不用瞒着我，我能看出来。你上次跟我说了你的感觉，我觉得你应该及早治疗。"

王琪琪盯着前方，出神地说："我可能就是这样的命，带着痛苦生活也行，这就是我生活的一部分。"

安以睿拉起她的手，说："琪琪，听我说，放下痛苦，我希望你快乐。"

王琪琪望着安以睿的眼睛，说："我总是没有办法走进一段亲密关系，我害怕亲密关系的羁绊，以前我总是不想跟父亲走得很近，我的理由是他害死了妈妈，但是其实我知道真正的理由是，我不敢要那种父女之间的亲密。现在又是跟毛毛，我害怕这种牵绊的关系。"

安以睿轻轻地摸着她的手，说："我知道，你害怕没有错，如果我是你，遭遇到那么多，也会害怕，但是你要相信自己，你能处理好的。"

王琪琪的眼眶充满了泪水，说："我总是担心让亲近的人失望，我不敢与父亲亲近，因为我担心我的怨恨让他失望，其实我知道，尽管我怨恨他，但是我也爱他。我不敢跟毛毛亲近，我担心她对我失望。只有你，我敢跟你亲近，因为我不担心你失望，我们是亲密无间的情侣。但是现在我担心我处理不好与毛毛的关系，你还是会失望。"

安以睿没有说话，只是紧紧地捏着她的手，让她尽量多地表达出来情绪。王琪琪抽泣了一会儿，说："要是世界上只有我们俩就好了，我只有跟你在一起才会快乐。"

说完后，王琪琪扑到安以睿怀里，安以睿抱着她，抚摸了一下她的头，说："其实，别人对你失望也没有什么大不了，你有自己的生活，你生活的目的是为了自己快乐，而不是为了让别人满意。"

王琪琪说："道理我都懂，但是就是做不到。"

安以睿轻轻地说："你可以做到，我会帮你，我们要有耐心。"

尽管安以睿说得信誓旦旦，但是其实他心里没有底，心理医生可以与患者共情，但是一旦成为最亲近的人，就突破了共情的界限了。共情会让心理医生充分了解患者的情绪，而像情侣这种最亲近的关系，则会让心理医生难以摆正医患关系，进入患者角色太多，从而变得急躁、冒进。安以睿口头说着"有耐心"，但是他心里在打鼓，自己真的有耐心吗？对于王琪琪的痛苦能够保持不急不躁吗？能像一般心理医生那样既能共情，又能置身事外吗？

安以睿安抚王琪琪的这些事情，倒是给了他应付关立森的灵感，他想给关立森讲一个心理治疗的故事。准备给关立森讲的这个故事已经打了好几遍腹稿了，越来越成熟了。他不能讲太多别人的故事，因为别人没有义务配合他圆谎。他只能讲自己的故事，这样只需要自己一个人圆谎就可以，至多再讲讲王洛基和于世非，其他人就不能多涉及了，否则就会穿帮。

关立森的案子已经开庭审理过一次，预计还需要再开庭一次才能宣判，情况对关立森越来越不利，关立森的律师辩护没有什么效果，而检方却不断地抛出新的证据。尽管死刑已经用得越来越少了，但是像关立森这样的严重情节，死刑还是适用的。关立森越来越急躁了，他不想死，他需要利用安以睿的调查结论来救自己，他心中有一个计划……

安以睿照例准时坐在了会见室，不一会儿，关立森也走进来，坐下后，说道："安医生，我的时间不多了，你不能卖关子了。"

安以睿想了想腹稿，然后慢条斯理地说："我见识了太多的心理问题，我能感受到患者的痛苦，尤其是我妻子的自杀，更让我觉得这份职业有非常高的使命感。但是现实中，我对于很多心理问题总是束手无策，长期的治疗却没有效果，很多时候我很挫败。后来，我意识到，很多心理问题实际上有非常复杂的生理机制在起作用，一味地寻求心理治疗方案，而忽视生理的治疗，注定不会有很好的效果。"

关立森插话道："所以，你就与智研院合作？"

安以睿心中暗喜，看来他顺着这个故事的思路往下思考了，于是说："是的。通过别人的引荐，我认识了于世非，并了解了他们的研究进展。"

关立森打断他："通过谁引荐？"

"钟国梁的秘书。"

关立森又问道："钟国梁的秘书为什么引荐你认识于世非？"

"因为钟国梁死后，他的大脑被于世非取走了，扫描后发现

185

了一些问题，于世非找到了钟国梁秘书，他的秘书让于世非找我研究。"

"扫描后发现了什么问题？"

安以睿摇摇头，说："这个不能告诉你，这是别人的隐私。我可以告诉你我的秘密，但是别人的秘密不能泄露给你。"

"这样也公平，继续说吧。"

"我们认识之后，我向他们提交了研究的课题，就是用大脑扫描技术来治疗心理问题，你也是我试图要治疗的患者。"

"你们的治疗方案成熟了吗？"

"应该差不多了，我正在用生理干预治疗一位患者，他有很大的好转。"

"说说怎么治疗这位患者的。"

"是一个抑郁症患者，男士，从小家庭残缺，自卑、焦虑、怨恨，各种情绪。我改变了他的一些脑神经突触，让引起这些情绪的回忆被他的思考路径绕开，这样就解决了他的问题。"

关立森突然猛地摇头说："不不不，这不可能，你不要胡说八道了。"

安以睿有点吃惊：哪里又有破绽了？

关立森接着说："我计算过，要找到改变意识的钥匙，至少需要5万个大脑扫描样本才能训练好数学模型，而你们只是从殡仪馆取一些尸体大脑，算算就知道，总计也就几千个，数量根本不足的。"

安以睿心中倒放轻松了，他还以为是什么破绽呢，原来是一个自己早就准备好的问题，他不紧不慢地说："你不要自作聪明，我们早就解决了样本问题了。"

　　关立森一脸狐疑。安以睿故意停下来，吊一下关立森的胃口，然后又说："假设我们拿到1000个大脑样本，他们的平均寿命是60岁，然后我们把他们10岁到60岁每年的记忆都区分出来，这就是50份样本。你乘一下，总共多少个样本？"

　　关立森说："5万？"然后脸上显出不可思议的表情，"这个实验设计得好巧妙。"

　　安以睿轻蔑地微笑了一下，说："轮到你讲你的故事了。"

第十八章　修改记忆

关立森显出神秘的微笑，说："你想听哪一个？"

安以睿对于关立森回忆这些事表现出的愉悦感没有感到意外，像关立森这样的连环杀手，本就享受杀人的过程，安以睿也没有表现出心理不适，他平静地说："说说第一个吧，从心理学上说，第一个的意义最大。"

关立森意味深长地说："每一个都很有意义。"他顿了顿，又说："第一个，10年前了……绿衣小战士……"

安以睿："庄佳婷。"

关立森拼命地摇头说："不不不，绿衣小战士。"

安以睿冷笑一声，说："你不敢面对庄佳婷这个名字？"

关立森还是摇头，说："我只认识绿衣小战士。"

安以睿没有坚持，毕竟法律的事情交给法庭，良心的事情交给关立森自己，而心理医生的职责只是观察和治疗，并非审判，虽然他对于关立森坚持用绿衣小战士来把庄佳婷"去人格化"有一些厌恶，但是也只是以旁观者的身份冷静地观察和思考，没有更多地干预。

关立森接着说："我在湖边看到她，她大约10岁左右，像个天使，我抑制不住我的冲动……"

安以睿插话道："什么冲动？"

"咬她的脸。"

"像性冲动一样？"

"是的，就是性冲动。我知道我不是正常人，只有咬下她们的脸，我才能满足。"

安以睿突然对这个话题感兴趣："你什么时候发现你的这个冲动的？"

"很小的时候，我才12岁。"

"不如先说说你12岁的事情吧。"

关立森仰起头，似乎在回忆，然后他缓缓地说："我12岁的时候喜欢上了邻家的妹妹，是单相思，并深陷这段感情，那种深陷让我害怕，我不敢去跟她说，甚至不敢再跟她一起玩耍。有一天，她的父母开着房车带她去郊外野营，在回程的路上，她父母在驾驶室里边开车边聊天，把她放在房车的房间里，可能是她向外看的时候不小心，从窗户上掉出去了，她父母没有发现，等到开回来的时候，才发现她不在车里，于是很多人，包括警察都去找她，但是没有找到。"

"你也去找她了？"

"是的，我去找了，我在第三天就找到她了。"回忆似乎让他很痛苦，"她躺在草丛中，衣衫不整，脸被咬了……"

安以睿问道："动物咬的？"

关立森没有说话，只是点点头，然后沉默了很长时间。

安以睿等了一会儿，关立森还是没有说话，只好开口问道："后来呢？"

"我把她藏起来了……"

安以睿有点意外，问道："为什么？"

"她是我的，如果我告诉其他人，他们肯定会把她带走，我就见不到她了。"

"藏到哪里了？"

"一个山洞里。后来我又去看了她几次，直到她腐烂……"

安以睿不可思议地问道："你一个12岁的小孩子，走很长的山路，去山洞里看一个死去的小女孩？"

"在很长一段时间里，我的邻居们都在轮流找她，我只是要求跟着大人们一起去找她，趁他们不注意的时候，溜到山洞里看她。"

安以睿仔细地思考关立森的举动，觉得他的心理和行为确实与正常人不一样，他看到尸体的反应，对于心爱的人变态的"占有欲"，都是奇特的。

安以睿分析道："所以，你以后就喜欢上了咬掉脸的人？"

关立森摇摇头说："不，你不能用你的思维理解我，我们讨论过这个问题，当时你没有意识到我指的是什么。我不是喜欢咬掉脸的女孩，我是嫉妒那只动物，它咬掉了我心爱的东西。"

"嫉妒？"安以睿反复地琢磨这个词，一个人在"嫉妒"一个动物的兽行……

警铃响了，会谈时间到了，安以睿只好整理文件，准备离开。关立森说："绿衣小战士只好等下次再谈了。"

王洛基的研究很顺利，在模块化的编程软件的支持下，他构建了一个又一个模型，记忆修改程序、大脑复活程序……通俗讲就是，可以修改一部分记忆，不论是减少或者增加，且可以做到大脑没有意识到记忆被修改，增加或者减少的部分可以与原有记忆完美整合。也可以复活一个大脑，从脑干的无意识到皮层的意识，全部激活启动。进展异常迅速，他自己都不敢相信，当数字模型完美运行起来的时候，他简直找到了造物主的感觉。

于世非的3D打印也很顺利，他打印了一只兔子的大脑，把它移植到一个去掉大脑的兔子脑袋里，然后把这只兔子放在脑电波模拟器中，用王洛基的激活程序顺利地激活了，一只去掉大脑的死兔子，安装了人造的大脑后，又活蹦乱跳……王洛基和安以睿也被这一幕震惊了。兔子可以，那么人也可以。

安以睿提到的改变突触，从而改变人的思考模式的实验，在数字模拟中也顺利地实现了。

在超算和先进的实验器材支持下，所有的进展只用了几周的时间，于世非看着这些进展，心中的计划也慢慢地成熟了。

于世非一边在与马玉菡谈恋爱，一边还在策划着为刘丹丹复仇。他按照刘丹丹的记忆，拨通了一个电话。

"喂，是彭东强吗？"

"是我。"

"我是于世非，刘丹丹的男朋友，你知道刘丹丹吧？"

对方在电话里发出很错愕的声音，不过很快就说："知道啊，你找我什么事？"

"我在整理刘丹丹的遗物时，发现了她的一些日记，其中有关于你的记载，我想把这些给你，算作一个纪念吧，多一个人想着她，就多一份意义。"

彭东强在电话里沉吟了一会儿，最后说："好吧。"

"我在海边的一个别墅里，我一会儿给你发定位，你过来找我。"

彭东强答应。于世非又补充道："你自己一个人过来吧，我不想让其他人看到刘丹丹的遗物。"

于世非在别墅里等了几个小时后，彭东强过来了。于世非看他的样子，个子很高，很瘦，油头粉面，衣着时髦。于世非请他坐下，说："刘丹丹的事情你听说了吧？"

彭东强看了看于世非，也没有答话，很不客气地说："刘丹丹怎么会喜欢你这样的，真是瞎了眼了。"

于世非冷笑一声，也不说话，只是起身倒了一杯茶，放在彭东强面前，说："人也没了，说这些都没意义，我也没打算跟你交朋友，做这些也都是为了刘丹丹。"

彭东强歪着头，半躺在沙发上，然后看了看客厅的四周，说："有钱人啊，也难怪她会喜欢你。"

　　于世非说："你这里稍等一下吧，我去整理丹丹的东西。"说完他走到了另一个屋里。

　　彭东强这边等了一会儿，于世非还没出来，拿起桌上的一本杂志，胡乱翻了几页，又喝了几口茶，不觉困意突然上来，沉沉睡去。

　　于世非看彭东强喝了茶水，知道他很快就会麻醉，果不其然，几分钟就不省人事了。于世非迅速拿了麻醉针，又补充了一针麻醉剂。然后把他放在手术床上，推进了实验室。

　　先是扫描他的大脑，扫了三四个小时。于世非看了扫描结果，并未发现彭东强谋害刘丹丹的证据，于世非还是不相信，又扫了一会儿，再查看，还是没有。莫非刘丹丹的死亡就是意外？

　　不过，于世非看到彭东强无理纠缠、侮辱刘丹丹的画面，还是火冒三丈。他定位到一些记忆区域，准备修改。

　　他把刘丹丹去世前的痛苦惨状编成记忆代码，然后用3D打印出来，是一个仅有几微米的大脑皮层，然后他又打印了很多突触，与这些记忆区域相连，以便这些记忆被频繁地调用。他通过微创手术植入了彭东强的大脑，然后又用脑电波模拟器激活了这些区域，并与原记忆相互整合。通俗一点说，就是他想让彭东强一遍一遍地感受刘丹丹惨死的情景。

　　所有的手术做完，整整用了10个小时，他用生物胶粘住了创口，很难看出来。不过疼痛是难免的。彭东强缓缓醒过来，发现自己还在沙发上，头痛欲裂，于世非走进来，说："你最近很累吗？

睡了10个小时。"

彭东强说："头好痛。"

于世非说："哦，忘了告诉你了，这里刚装修，乙醚超标了，你刚才可能有点中毒症状，问题不大，回去多喝水，休息几天就好了。"于世非说着递给他一个笔记本，彭东强接过来，翻了翻，然后站起身来，身子有点摇晃，不过他很快就稳住了，然后没打招呼就走出屋子。他下午过来，此时已是深夜，不过他不准备在这里过夜，还是驱车离开了。在路上，他不断地想起刘丹丹去世时的情景，那种痛苦感同身受，而且挥之不去，这让他很难受，他觉得可能是刚才看到她的笔记的缘故吧……

不过于世非并不知道他的手术是否成功，毕竟彭东强想什么，不会轻易告诉他，他只能等待机会，验证自己的手术效果。

王洛基看到他们的研究的巨大价值。不过因为这项研究是地下进行的，所以，要想让这些研究成果能够推广，只能先让这些研究成果合法化。怎么合法化呢？他想了一个方案：公开招募志愿者参与这项研究，让他们志愿被扫描大脑，然后输入模型训练，只要志愿者人数达到5万人以上，就可以得出目前他们已经取得的成果。这样就是在公开的实验中取得的成果，自然是合法的。

他的想法跟于世非和安以睿说了以后，于世非有一点担心，他害怕一旦公开成果，他会被彭东强怀疑，而且他还有一个计划，也有暴露的风险。而安以睿也有一点担心，毕竟他扫描过王琪琪的大脑，万一公开研究计划，难保王琪琪不会怀疑他们之前是不是也有一些研究，这会威胁到他的感情，而且，还需要考虑关立森知道这些计划后，他的故事还能不能圆上。

但是王洛基非常坚持，于世非没有公开反对的理由，毕竟他的计划都是见不得光的。而安以睿的担心说服力也不够，毕竟与王琪琪的感情是他的私事，别人没有义务配合他欺骗王琪琪，至于关立森那边，只是需要圆谎而已，也不是什么大事。所以，尽管于世非和安以睿各有自己的担忧，但是却无法阻止王洛基的计划。

王洛基开始实施他的计划，他首先发表了一系列研究成果，都是关于人类记忆分析建模的文章，指出：只要能够扫描大脑数据，训练模型，完全可以实现记忆数据解码。如果扫描数量足够，甚至可以找到重建大脑记忆的方法。他没有说激活大脑、修改记忆等展望，不过学术界很容易就推论出来这些后果。

王洛基的文章引起了巨大的反响，自然也通过律师传到了狱中的关立森的耳朵里，他反复考虑了前前后后所有的事情，还是有很多疑问，需要向安以睿求证。

王琪琪看到这些报道之后，想起来自己曾经到人类智力研究院做过大脑扫描，她感到一阵害怕，她反复想了整个事情的细节：她在安以睿门诊治疗了很久，效果不佳，而她做了几次扫描之后，安以睿就突然引导她说出了自己多年不想提的秘密……王琪琪总觉得安以睿心底藏了很多秘密，前妻、陈朵、他的心理诊所、他与人类智力研究院的交往，都让她生疑。

马玉菡看到这些报道之后，轻蔑地笑笑，她知道这是王洛基在推动研究成果合法化的伎俩。她不愿意回忆过去在人类智力研究院的日子，她正在进修商科的课程，尽管于世非劝过她说，她不适合在商界工作，但是她没有听他的。她本来不喜欢商界的钩心斗角，喜欢在研究机构里安安静静地做研究，但是没想到研究机构里肮脏的事情也很多，那还不如到商界，至少活得真实。于世非也不劝她了，他虽然与她在一起生活，但是这不是他想要的，他只不过在实施他的计划而已，马玉菡还是原来的马玉菡，但他已经不爱这个马玉菡了。

　　于世非到了海边的别墅里，他按照刘丹丹大脑扫描的数据，用3D打印机打印出了刘丹丹的大脑，然后放在冷藏室，刘丹丹的复活还差一个躯体了。他很后悔没有扫描刘丹丹的身体，否则现在就可以用3D打印机把她的身体完全打印出来。当时他只是想留住她的回忆，没想到能把她复活。

　　不过他也知道，即使全身都扫描了，也不一定能复活，因为这是违法的，自从3D打印可以打印人体的一部分以来，相关的法律就很快就制定并通过了。如果一个死去的人又能被复活，那么很多的伦理问题都需要重新考虑，所以，经过讨论，最终还是禁止复活死人。不过这部法律在立法的时候，复活人体还只是科幻，这是一部前瞻性的立法，而现在，才过去几年，科幻就变成了现实。

　　按照于世非计划，他并不需要面对法律问题，他的设计很巧妙……

　　于世非把刘丹丹的大脑做完之后，驱车回到家，他已经和马玉
菡住在一起了。马玉菡还在学习，看到于世非回来，就收起了书，
跟他坐在一起，问道："王洛基是要推动合法化吗？"

　　于世非说："是的。"他停了一下，然后看着马玉菡的眼睛
说："玉菡，我也不想在智研院干了，我们找个海边的地方，安静
地生活吧。"

　　马玉菡睁大了眼睛问道："你要隐居？"

　　于世非说："做研究也不一定要在智研院啊。我想研究3D打
印治愈大脑生理缺陷的课题，我已经把我的研究思路提交给熊归林
了，他愿意赞助。"

　　马玉菡很惊讶："你怎么不早告诉我？"

　　于世非笑笑说："我今天才得到熊归林的答复，之前我也不知
道他会不会赞助，八字还没一撇，我就没在意。"

　　马玉菡依偎在他身上，说："好啊，跟你在一起就行。"

　　"他赞助了一个海边的别墅作为研究场所，还愿意购置必需的
仪器和器材。"

　　"那我们俩一起研究吧。"

　　于世非愣了一下，说："一起研究。"

　　马玉菡有点兴奋："那我们什么时候去看看我们新的实验室？"

　　"不着急，这几天工人们正在安装仪器呢。"

第十九章　执行死刑

　　关立森的审理没有公开审理，因为涉及一些未成年人受害者隐私。

　　因为已经经过多次庭审，所以这次庭审没有什么波澜，关立森对于检方的指控全部认罪，法官经过合议庭商量，最终当庭宣判：判处关立森死刑，立即执行。

　　这个判决结果并不意外，但是关立森听到死刑二字，身子还是颤了一下。关立森的案子是一个非常罕见的案例，安以睿很想知道在一个人被判处死刑，明确知道自己的死期的时候，他的反应是什么呢？

　　审判长正要宣布休庭，突然，关立森大喊一声："我要举报犯罪！"

　　审判长看上去吃了一惊，他已经举起的法槌又放下，示意关立森继续说。

关立森激动地说："人类智力研究院和湖畔心理诊所非法扫描殡仪馆的遗体大脑，三年来扫描了几千个遗体的大脑，侵犯别人的隐私。而且，他们还扫描了一些活人的大脑，我就被他们扫描过。他们可以解读人类大脑中的记忆信息。"

法庭上，几个审判人员先是陷入震惊之中，然后又互相交流了一下，审判长问："你有证据吗？"

关立森说："我申请传唤安以睿作证。"

审判人员又商量了一下，然后审判长说："鉴于关立森提出的事情可能构成重大立功，可能会影响到对他的量刑，合议庭决定报公安机关查清关立森提到的事实，再做一次庭审。"

公诉人员举手，法官示意他发言，公诉人员说："关立森的案件已经作出宣判，我们建议继续执行判决，除非有颠覆性的证据出现，关立森口头陈述不足为凭。"

审判人员交头接耳地说了几句，审判长最后说："因为死刑是极刑，谨慎起见，我们决定再做一次庭审。"

公诉人员无奈地摇摇头。

安以睿得知消息后终于知道关立森的圈套，他是想刺探到扫描大脑的情报，然后向司法机关举报，申请重大立功，免除自己的死刑。安以睿也在庆幸，幸亏自己已经想好了全盘推翻自己的故事的准备，否则会被关立森陷害。

关立森的举报把白先勇、安以睿和于世非拉到了一起，白先勇也不想让扫描大脑的事情曝光，否则自己也脱不了干系。他们三个秘密碰头，商量了对策，然后又把方案汇报了王洛基，王洛基表示同意。

尽管有应对措施，白先勇也不会为难他们，但是安以睿还是很紧张，毕竟关立森也有自己的律师，谁知道律师掌握多少证据，庭审时候能够战胜关立森吗？

安以睿的烦心事不止这一件，还有王琪琪。王琪琪自从看到了王洛基招募志愿者的公告后，就有了一些怀疑，现在关立森的举报又铺天盖地地报道出来，她更加怀疑了。她打电话质问安以睿安排她到智研院做扫描有没有什么见不得人的事情？是不是也读取了她的记忆？安以睿知道这件事在电话里说不清，答应去找她当面解释。

安以睿到了王琪琪的公司，在楼下等她，心中忐忑不安。王琪琪走下楼来，安以睿赶紧下车，迎上去，王琪琪也没有答话，径直走向车里，拉开车门，坐到副驾驶座上，一言不发。

安以睿也钻到车里，坐下来，看着王琪琪，说："琪琪，大脑扫描并解读记忆根本就不可能实现，这是科幻，王洛基有一些研究思路，正在招募志愿者。"

王琪琪说："关立森说的呢？"

安以睿摇摇头说："他是疯狗乱咬人，为了轻判，或者为了拖延死刑执行时间，什么谎言都敢说。"

王琪琪将信将疑，她沉默了很久，没有说话。安以睿以为她相信了自己的话，不过他估计得过于乐观了。王琪琪突然说："我们分手吧。"

安以睿呆呆地看着王琪琪，王琪琪没有看他，低头摆弄着自己的手。他早有预感，王琪琪会提出分手，不过真的听到这句话，还是觉得很难接受。但是他又不知道该怎么挽留，两人的共同语言越来越少，现在又有了不信任，这段关系越来越脆弱，也越来越索然无味，如果说他还有一些留恋，也是王琪琪美貌激发的情欲在作怪。

安以睿转头盯着前方，没有说话，王琪琪等了一会儿，看安以睿没有什么表示，就默默地打开车门，走了出去。

再次开庭的时候，公安机关白先勇向公诉方和法院提交了关于人类智力研究院的调查报告，安以睿被传唤作证。关立森被带上庭来，他精神还不错，有一种稳操胜券的感觉。

首先由关立森陈述，关立森按照安以睿的故事又陈述了一遍。

然后是向证人提问，安以睿走进法庭。

审判长宣读完毕关于证人的法律规定后，提问道："你们是不是扫描并解读了人的记忆？"

安以睿摇摇头说："我们扫描人类大脑是为了找到心理问题的生理机制，根本没有技术力量能够解读记忆，这是科幻，不是科学。"

审判长又问："那么匿名信是怎么回事？"

安以睿说："我不知道。"

审判长严厉地说："你给关立森讲过，说是公安机关自己发的匿名信，为了共同掩盖你们扫描大脑读取记忆的事实。"

安以睿露出不可理喻的表情，说："这简直是莫名其妙，我没有跟关立森说过这些。"

关立森腾地站起来，旁边的法警立即按住了他的肩膀。

审判长又问了几个问题，无非是核实一些关立森描述的细节，安以睿一概推说没说过、不知道。公安机关白先勇给法院提交的调查报告也显示，没有发现什么记忆解读的线索，而纳米级扫描仪是常规的医学仪器，扫描人的大脑也是常规的医学检查，不存在犯罪行为。至于到殡仪馆取大脑的事情，因为遗体已被火化，没有证据。匿名信也不是公安机关自己发的，公安机关当然不会认领这件事。安以睿的证词和公安机关的报告一致，而关立森的陈述完全成了孤证。

关立森对着安以睿破口大骂，但安以睿只是无奈地摇头，最后说："关立森心理问题比较严重，而且可能有妄想症。"

审判长制止道："关立森的心理问题需要专业机构鉴定，你是证人，他的心理问题鉴定不是你的职责。"

安以睿举手做投降状，不再说话。

关立森被执行死刑前，他的家属都拒绝前来。关立森垂着头，拖着沉重的手铐脚镣，缓步挪进来。按照指令，他仰面平躺在一个手术床上，狱警固定了他的手臂和腿。然后，一个穿着白大褂的人走进来，提着一个箱子，他打开箱子，取出一些器材，有针管和一些药品。

关立森扭头看着这一切，默不作声。执行室的玻璃窗是单向透光的，他也看不到窗外的一切。

白大褂的人装配好药品后，走到关立森跟前，在他的胳膊上轻轻地拍了一下，好像还说了一句话，关立森看着他，然后轻轻地点点头。随后，针管扎进了关立森的胳膊。

关立森慢慢地闭上了眼睛。在别处，安以睿高悬着的心也缓缓放下了，一个知情人终于永远地闭上了嘴巴。

几周过去了，于世非一直在想着对彭东强的手术是不是成功，他试探地拨通了彭东强的电话，接电话的是一个女人，听声音有50多岁的样子。于世非问道："这不是彭东强的电话吗？"

对方沉吟了一下，说："你是谁？"

于世非说："我是他的一个朋友。"

对方沉默良久，于世非听到一阵抽泣。过了一会儿，对方说："他去世了。"

于世非心头一惊，问道："您是谁？怎么回事。"

对方哭着说："我是他妈妈，他自杀了。"

于世非默然，静静地听对方哭了一会儿，然后说："节哀顺变吧。"就挂断了电话。

放下电话，于世非发了很久的呆，才缓过神来。他的思绪不断地在各种纠结的想法中来回切换：从大脑扫描结果看，彭东强并不是凶手，他纠缠刘丹丹虽然是惹人讨厌的行为，但远远够不上死罪，这样的惩罚是不是太重了？从刑法的角度讲，故意和过失是性质完全不同的犯罪行为，那么，我的行为是故意还是过失？在一般意义上，故意伤害致死是指肉体上的伤害，我的行为是肉体伤害还是心理伤害？如果是肉体伤害？但是肉体伤害的伤势根本不是致死的理由；如果是心理伤害？心理伤害导致别人死亡最多是过失，甚至都不是犯罪。

同时，他又超脱出来，观察自己的思想，他知道自己又在给自己构建一套价值观，这套价值观里，也许他的行为只是过失，甚至都不是过失。他大脑中甚至不断地闪回彭东强纠缠刘丹丹的恶语相向，刘丹丹被纠缠后苦闷，他在为自己寻找动用私刑的理由。

王洛基发布了招募令后，应者寥寥，这倒不是什么意外。王洛基清楚，被别人扫描大脑，对任何人来说，都是一个艰难的决定。身体被扫描是常规的医学检测，而思想被扫描，却是人类的新课题。但是，他不想放弃，他想发表一场演讲，以掀起一波舆论，继续推进招募工作。经过沟通，市里最有实力的高等学府同意组织一次演讲。

王洛基的演讲海报吸引了很多人，当天座无虚席。在组织者隆重介绍之后，王洛基走上台来，演说道：

脑科学在科学中是皇冠上的明珠。科学界一度对于脑科学比较悲观，认为我们永远也不可能搞清楚人类的大脑，因为所有的研究工具都是大脑发明的，我们用大脑发明的工具去研究大脑，无异于用自己的胳膊把自己提起来一样，是不可行的。

　　但是，我们忘记了一点。我们发明的很多工具，它们的力量已经远远地超越了我们自身的力量。我们的大脑发明了挖掘机，它的工作量相当于十几个人；我们发明了超级计算机，它的运算能力远远超过了大脑。我们的胳膊虽然不能把我们提起来，但是我们可以用我们发明的工具把我们提起来。

　　我的研究成果表明，在超算的支持下，用数学模型完全可以模拟人脑的信息处理，也就是记忆和思考。如果我们能够更加深入地研究，我们甚至可以修改人类的大脑记忆。当然，这一切涉及很多的伦理问题，这也是法律对于这一切非常谨慎、非常严苛的原因，但是如果这一切在法律框架内进行，我们可以憧憬这些科技成果造福人类的潜力。

　　我国有8%的人口有不同程度的抑郁症，抑郁症患者身不由己地构建了一个痛苦的世界。我们可以通过心理咨询帮助他们重新构建，但是抑郁症的治愈率仍然不高，而且容易复发。究其原因，是因为抑郁症并不完全是一个心理问题，也是一个生理问题。如果他的大脑存储信息的方式、调取信息的方式、处理信息的方式不能从根本上改变，那么情绪的改善将变得非常困难。

　　我们有很多的精神病患者，他们的意识是混乱的。我们可以帮助他们，我们可以对他们的思维重新编码，或者用3D打印技术打印大脑的一部分，弥补上他们的生理缺陷。让他们不再混乱，也让那些为此承受巨大痛苦的家属们解脱出来。这是一项多么有意义的科技！

我们有一些瘫痪患者，他们的大脑清醒，但是身体却没有了知觉，他们常年卧床。如果我们可以进行大脑移植手术，那完全可以通过3D技术打印一个健康的身体，然后把他的大脑移植过去，而这一切都需要我们非常精确地掌握大脑的运作模式。

是的，很多人看出来了，按照我们的研究思路研究下去。终有一天，我们可能会复制出一个大脑，并通过脑电波模拟器复活这个大脑，这是巨大的伦理问题。如果一个死去的人可以复活，那么我们的安全措施是不是还有意义？或者说意义是不是还有那么大？如果一个人可以复活，那么杀人犯该怎么惩罚？如果一个人可以复活，那么父母们是不是可以不用为他们的疏忽导致婴儿死亡承担责任？如果一个人可以复活，那么生育的意义是不是会降低？如果生育的意义降低，那么爱情的意义会不会降低？我不敢想下去，所以，我们坚决不赞成这项技术应用于人体复活。我们会把这项技术严格地限定在科学伦理委员会允许的范围内，也会限定在法律的框架内。我们也在推动立法，用法律的手段去规范这一领域的应用。

很多的抑郁症患者，他们在艰难地与疾病抗争，很多的精神病患者，他们本身以及他们的家属正在承受巨大的痛苦。而这一切，都需要我们的团队去努力，更需要公众一起来帮助我们，我们需要大量的志愿者，至少需要五万个，而现在报名的却只有十几个。我理解你们的担心，我们已经设置了各种机制，来保证你们的大脑信息不会被滥用，也不会被泄露。把这些信息都交给机器，让机器去处理，这期间，不会有人去干预，在模型训练完毕后，这些数据将被删除。我们会请公证处对这一过程进行全程公证。

脑科学的攻克是科学界最激动人心的事件，我们的大脑秘密被破译后，科学在与宗教、伪科学的争论中会更加自信。我们对于自己的了解也会更加深入，我们也许会重新思考人生的意义，生命的价值。

王洛基结束演讲后，台下响起了热烈的掌声。从现场的情况看，演讲应该深深地打动了听众。不过也有听众提出了尖锐的问题："王院长，既然您这么坚决地支持大脑扫描和数据构建技术，而且也号召人们去志愿接受扫描，那您为什么不做出表率呢？"

王洛基问道："你是指什么表率？"

听众说："您可以先扫描自己的大脑，然后公布数据。"

王洛基摇摇头说："这没有任何意义，除了满足一些偷窥癖的好奇心。现在的情况是计算机模型需要大脑记忆信息，不是我们这些人需要大脑记忆信息，也不是大众需要大脑记忆信息。这些信息只有偷窥癖感兴趣，大部分人不会感兴趣的。"

第二十章　丹丹复活

　　关立森被执行死刑后，白先勇坐在办公室里，案件侦破过程的种种往事又浮现出来。此时，他的电话响了，是张智汇打来的，白先勇接起来。

　　"白哥，有些事我想不明白，人类智力研究院是有问题的，你为什么没有继续深入调查？"

　　"兄弟，他们的问题太大了，已经超过了我们的能力范围。"

　　"你受到了上级指示了？"

　　"没有指示，但是我研究了他们的很多事情，背后的事情太复杂了。"

　　"我们到殡仪馆调查到的那具大脑空空的女尸，证据还在我这里，我也想到了把证据合法化的方案，你什么时候需要，我随时协助。"

白先勇没有回答，反问道："你看了王洛基在大学里的演讲视频了吗？"

"看了。"

"我想我不会用那个证据了。"

张智汇顿了一下，然后说："明白了。"

安以睿最近有点失魂落魄，他还没有从失去王琪琪的伤痛中走出来。在诊所里机械地完成了一天的工作，他回到家，毛毛正在开心地玩耍，看到他脸色阴沉地走进来，不由地问道："爸爸是不是不开心？"

安以睿淡淡地笑了笑，说："没有啊。"

毛毛又问道："是不是琪琪阿姨惹你生气了？"

安以睿听了一愣，然后赶紧说："我没事，你玩你的。"

毛毛还是不罢休，说："那琪琪阿姨为什么好久不来了？"

安以睿看瞒不住了，就坐下来，握着毛毛的手说："我跟琪琪阿姨分手了。"

毛毛看了看安以睿，然后居然开心地说："爸爸，你不要琪琪阿姨了？太好了，我一开始就不喜欢她。"

安以睿很无奈地说："不是我不要她了，是分手了。"

毛毛不解，又问道："反正就是她不来了，是吧？"

安以睿看着毛毛兴奋的表情，心里哭笑不得，只好说："是的，不来了。"

安以睿和毛毛的对话被保姆听到了，偷偷告诉了陈朵……

第二天下班，安以睿回到家门口的时候，陈朵从对门走出来，说："安医生，你回来了？"

安以睿回过头，答应着："回来了，朵朵。"说着就准备敲门。

陈朵说："安医生过来坐会儿吧，我有事跟你聊聊。"

安以睿放下了敲门的手，说："好。"然后走进了对门陈朵的家。

安以睿走进屋，坐定下来，陈朵在对面就座，直直地盯着他。安以睿被看得不明就里，问道："朵朵，你有什么事？"

陈朵问道："你和王琪琪分手了？"

安以睿有点惊讶，说："你怎么知道的？"

陈朵也不拐弯，直接说："保姆阿姨告诉我的。"

安以睿"哦"了一声，没有再说话。

陈朵说："你还好吗？"

安以睿笑笑说："我早就有心理准备了，我跟她不合适。"

"那你觉得你想要找一个什么样的？"

安以睿没想到陈朵会问这个问题，他看着陈朵，她脸上微微泛红，精致的五官更显妩媚。刚才他并没有在意她的衣着，此时才仔细观察，她穿着比较宽松的连衣长裙，但并没有掩饰她小巧玲珑的身材。安以睿突然觉得她今天很美丽，甚至有点心动。

安以睿笑了笑，没有说话。陈朵低下头，很久。安以睿盯着她，不知道她在想什么。一会儿，陈朵抬起头，安以睿看到她眼泛泪花，他吃了一惊：自己说错什么了？

陈朵看到安以睿手足无措的样子，说："不好意思，是我自己的事情。"

安以睿不敢答话，还在等她继续说。陈朵擦了一下眼泪，说："我可以继续和毛毛玩吗？"

安以睿突然觉得一阵感动，陈朵还在想着毛毛，他不由得伸出双手，握住了陈朵的手，说："当然了，毛毛很喜欢你。"

陈朵看着他，似乎有一种期待。安以睿读懂了她的眼神，他内心泛起一阵冲动，不由自主地说："我也喜欢你。"

陈朵忍不住破涕为笑，说："你是在安慰我吗？"

陈朵的后退反而激起了安以睿前进的豪情，他坚定地说："不是，我真的喜欢你。"同时，他更加用力地握紧了陈朵的双手。

陈朵抬起头，看了安以睿一眼，脸上有一丝娇羞，然后扭头过去，不敢看他。安以睿不由得心驰神往，无法抑制，他揽住了陈朵，拥在怀里。

如果说王琪琪吸引安以睿是由性而情，那么陈朵吸引安以睿就是由情而性。安以睿对陈朵一直没有情欲，但是情欲的门一旦打开，却发现对陈朵的情欲不亚于王琪琪，而且陈朵的体贴与温柔，更使得情爱变得水乳交融。王琪琪的敏感多疑却总是让他提心吊胆。

陈朵与毛毛那种类似母女的关系，与保姆阿姨的姐妹情，也让安以睿感到很放松。有时候他不知道什么是真正的爱情，王琪琪让他神魂颠倒，他不怀疑这是爱情，这种爱情带来了甜，也带来了苦，甜得发腻，苦得刺心。而陈朵的爱情，就像一杯咖啡拿铁，淡淡的甜，淡淡的苦，可以慢慢地品味，那些咖啡因也逐渐让他清醒。

彭东强的自杀让于世非有一些心理负担，不过他很快就调适好了，他构建了一个自洽的心理世界，在这个世界里，他感到安全和舒适。

他反复检查了海边的别墅，确保没有什么彭东强来过的蛛丝马迹后，就载着马玉菡到了这里。马玉菡走进别墅，看到超大的客厅，落地的吊灯，还有温馨的卧室，兴奋异常。

于世非领她走进一个由健身房改造成的实验室，里面仪器、试剂、手术器材一应俱全，干净崭新，马玉菡惊得目瞪口呆。

于世非又领她到了窗边，窗外不远处就是大海，都能听到海浪的声音。马玉菡看了看窗外，然后激动地转过来，抱住了于世非，猛地亲了一口，于世非都有点不好意思。

马玉菡又到处转了转，坐在沙发上，说："我要重新布置客厅和卧室。"

于世非笑了笑，没有说话。

第二天，于世非到了人类智力研究院，他准备今天就要去找王洛基辞职。他敲开了王洛基的门，王洛基照例在看书。

王洛基请于世非坐下后，拿着一本书走过来，指着书的一页说：

"世非，你看看这一个课题，很有意思，你可以深入研究一下。"

于世非扫了一眼，说："王院长，我来跟你说一件事。"

王洛基抬起头，放下手中的书，看了于世非一眼，看到他略有些紧张，就问道："什么事？"

于世非犹豫了一下，然后坚定地说："王院长，我要辞职。"

王洛基吓了一跳，他直了一下身子，问道："为什么突然就要辞职？"

于世非取出一张纸，放在桌子上，纸上第一行赫然四个字"辞职报告"。王洛基拿起来，扫了一眼，然后放下辞职报告，摇摇头，叹了一口气说："可惜了，你已经是常务副院长了，我也快退休了，你本来可以继续高升的。"

于世非说："我们的研究非常顺利，这就是最大的成就，至于升官发财，我也不感兴趣。"

王洛基说："这可不像以前的你啊。"他突然想起了马玉菡，就问道，"我听说你跟玉菡和好了？"

于世非点点头。

王洛基似乎很高兴，说："太好了，你们俩很般配，好好过日子，也老大不小了，该结婚就结婚吧。"

于世非笑了笑，没有回应。

辞职完毕后，整整一天，于世非整理了文档资料，交给了院里的行政部门。他拖着疲惫的身子回到别墅，开门一看，别墅里焕然一新，客厅里摆上了几个造型极具创意的家具，还有几个温馨的插花，顿时有了家的气氛。

马玉菡从卧室里走出来，拉起他的手说："好看吗？"于世非说："好看。"马玉菡又拉着他到了卧室，卧室也布置得很温馨，于世非突然有一种感动，同时有一种想和马玉菡安稳过日子的冲动。

夜深人静，马玉菡沉沉睡去，于世非起身走出屋子，看着满天繁星，听着海浪的声音，他思绪万千：下午的那种冲动是怎么回事？我是不是还爱着马玉菡？那丹丹怎么办？此时他又想起了王洛基演讲提到的，死人复活，这会严重的冲击到伦理。于世非反复问自己：我该怎么办？是不是放弃那个计划？但是我费了这么大力气做这些，不是就为了给丹丹复仇，并且让她复活吗？但是又转念一想，复仇？丹丹的死亡也并不是彭东强谋杀啊，我是不是应该放下丹丹了？这个实验室也不是毫无意义，确实可以研究很多课题。

他举棋不定。

突然，他听到脑后一阵脚步声，他回过头，是马玉菡，她走过来，抱住了他，说："你睡不着吗？"

于世非抚摸着她的头，说："我在想课题的事情。"他也紧紧地抱住了马玉菡。此时他的棋子落定了，他心中默念了一遍：丹丹，你安息吧，来生再见。

王洛基的志愿者招募活动终于见到了起色，越来越多的人报名参加，一百，一千，一万，五万，几个月的时间里，志愿者就招满了，王洛基踌躇满志，投入了研究……

安以睿与陈朵举行了婚礼，王洛基、于世非和马玉菡都见证了他们的结合……

于世非也在和马玉菡筹划着婚礼……

但是日子不会总是平静。这一天，当于世非从外面回到家时，马玉菡泪眼婆娑、头发蓬乱地坐在家里。于世非赶紧走上前，问道："怎么了，玉菡？"

马玉菡没有看他，盯着远方，呆呆地说："你保存了刘丹丹的大脑信息？"

于世非坐下来，握着马玉菡的手，说："她已经去世了，都过去了。"

马玉菡突然甩开他的手，高声地喊道："我不想再看到你！"说完，她站起身，快步走向卧室。

接下来的几天里，于世非百般哄她，马玉菡的情绪逐渐地平静了，直到她发现了于世非不仅仅保存了大脑扫描信息，还3D打印了刘丹丹的大脑，保存在冷藏室……

于世非正在睡梦中，马玉菡站在床边，喊道："于世非！"

于世非惊醒，看到马玉菡已经哭成泪人，他赶紧坐起来，问道："又怎么了？"

马玉菡愤怒地说："又怎么了？好像都是我在惹事！"

于世非被马玉菡这突如其来地哭闹激怒了，也不客气地说："难道是我在惹事吗？"

马玉菡拿出一个布包，然后猛地摔到地上，一个冷冻着的人类的大脑滚出来……

于世非赶紧下床，捡起大脑，发现已经摔坏了。于世非又急又气，但是他很快就平静了，他抬起头，看着马玉菡，心中的那个计划又浮现出来，他不想再这样煎熬了，他想要刘丹丹回来……

海边的日出，阳光异常刺眼，别墅的客厅被照得非常亮。于世非在沙发上醒来，他一夜没有睡好，清晨才迷迷糊糊地睡着。他坐起身，头疼得厉害。他环顾四周，没有发现马玉菡，于是他走进卧室，马玉菡正在收拾东西，看起来她要离开。

于世非没有说话，他返回客厅的沙发上，坐下来静静地发呆。一会儿，马玉菡走出来，她看上去平静多了，说："我要走了。"

于世非站起来说："玉菡，过来坐会儿吧。"

马玉菡冷冷地说："有必要吗？"

于世非说："就算我们最后的聊天吧。"

马玉菡听了，只好走过来，坐在沙发上，盯着窗外，不去看于世非。于世非起身倒了一杯茶，放在马玉菡跟前，柔声说："看你，一晚上也没睡好，喝点茶吧。"

马玉菡突然哭了，也不答话，一个人在那里抽泣。于世非静静地看着她。

马玉菡哭了一会儿，拿起茶水，喝了几口。于世非心跳猛地加速起来……

马玉菡渐渐地头重脚轻，不觉一头栽倒在沙发上，沉沉睡去。于世非拿出一个针管，又补充了一管麻醉剂。然后他去了3D打印室，重新启动了机器，开始打印刘丹丹的大脑。

在机器打印大脑的时候，他回到客厅，把马玉菡放在手术床上，推到了手术室。

十几个小时的手术，终于做完了。于世非看着躺在床上的"马玉菡"，坐下来，慢慢地喝起了咖啡。

几个小时后，于世非已经不知不觉坐在手术床前睡着了，突然，他听到有人喊"世非"。他从睡梦中惊醒，赶紧站起来，他看到"马玉菡"睁开了眼睛，他喊道："丹丹？"

"这是哪里，我怎么在这里？我好难受，感觉身体都不是我的。"

"丹丹，你不要说话，好好休息，我以后慢慢给你讲……"